2023

漂移的镜像

周瑟瑟 主编

百花洲文艺出版社
BAIHUAZHOU LITERATURE AND ART PRESS

图书在版编目（CIP）数据

漂移的镜像：2023年中国诗歌精选 / 周瑟瑟主编.
南昌：百花洲文艺出版社, 2024.7. -- ISBN 978-7
-5500-3653-6

Ⅰ. I227

中国国家版本馆CIP数据核字第2024L0U610号

漂移的镜像 ： 2023年中国诗歌精选

PIAOYI DE JINGXIANG:2023 NIAN ZHONGGUO SHIGE JINGXUAN

周瑟瑟　主编

出 版 人	陈 波
责 任 编 辑	余丽丽
书 籍 设 计	方 方
制 作	何 丹
出 版 发 行	百花洲文艺出版社
社 址	南昌市红谷滩区世贸路898号博能中心一期A座20楼
邮 编	330038
经 销	全国新华书店
印 刷	浙江海虹彩色印务有限公司
开 本	720 mm × 1000 mm 1/16
印 张	23.25
版 次	2024年7月第1版
印 次	2024年7月第1次印刷
字 数	340千字
书 号	ISBN 978-7-5500-3653-6
定 价	52.00元

赣版权登字 05-2024-169

邮购联系 0791-86895108

网 址 http://www.bhzwy.com

图书若有印装错误，影响阅读，可与承印厂联系调换。

从漂移的镜像里观察当代诗歌的骨架

周瑟瑟

诗歌选本何其多，有诗学价值与诗史意义的诗歌选本又何其少。挑选出好诗是一个朴素的愿望，让好诗集合在一起，并且让它们主动说明一些问题就很难了。我认为一个编者必须跳出个人的狭猥圈子，而站在诗学价值与诗史意义的高度来对待一个选本。

我的观念与态度主要建立在这些问题之上，我列出14个议题："朦胧诗人今何在""腰间挂着诗篇豪猪的第三代诗人""在先锋大路上狂奔的口语诗人""深度意象的言说姿态""形式变构与人性聚焦""与现场平行的诗歌虚拟世界""民间诗人的纯粹与自在""叙述转向的新语感""跨越时空与超越性别的女性诗歌""译者的诗歌逻辑底座""小说家与诗人的共同体""老牌诗歌民刊与自媒体的朝霞""中国诗歌奇幻的一代""小长诗的从容与抱负"。我将在这些议题上展开论述。那么，就让我从漂移的镜像里来观察当代诗歌的血脉、内脏与骨架。

朦胧诗人今何在

朦胧诗人并没有隐逸，他们就在我们面前。虽然朦胧诗派的诗歌遗产已经打包入库，成为文学的记忆，但他们还在写作。今年中秋节我与梁小斌在宁波香山教寺相聚。他有了仙风道骨的样子。他捉笔写字，语速缓慢。他从寺院住持手里接过聘书，他双眼视物模糊而思维敏锐坚定。我听了他一番论调之后得出结论：风吹菩提，思想的果实晃荡，梁小斌端坐山间明月底下，他禅定了。

在宁波香山教寺，我想到美国"跨掉的一代"诗人中好几个都进入了中国禅宗生活。诗人的灵魂在现代文明里备受煎熬，挣脱物质的束缚，在中国禅宗里找到一种高级的生活方式。

梁小斌的诗歌从早年《雪白的墙》《中国，我的钥匙丢了》祈求式的呼唤，回到了禅定的静修和冥想。

已经很多年不见北岛、舒婷新作了，在国内个别诗歌活动现场还可以见到舒婷，她坚持不读自己的诗，你们尽可以去读，这种对待作品的态度颇有意味。北岛这些年一直在做"香港诗歌之夜"，他是一个巨大的存在，莫言获诺贝尔奖前的几年总是说他是诺贝尔奖热门候选人，现在没人说了。他中风后很快恢复了健康，虽然是74岁的人了，但依然硬朗。隔着一条深圳河，我能感觉到一个诗人在香港的孤独。

老芒克入住北京宋庄应该有十几年了，画画带孩子成了诗人的主业，而诗歌的辉煌已成往事。这些年他在出面张罗北京诗歌节，这是一个老诗人永远年轻的表现。

严力这个老帅哥，与我们走得近，记得二十世纪八九十年代，他在纽约创办《一行》诗刊时就与邱华栋和我取得联系。如今《一行》中断十几年后又重新出刊了，但我们十分喜爱的大16开刊物变成小32开了。时代变了，刊物当初的气息也发生了变化，在这里我想说，朦胧诗的精神不死！

除了顾城命丧新西兰激流岛。前几年还有诗人跑去看看，他遗留的车上长了一棵树，其他朦胧诗派的诗人都活得很好，至少活得很平静，安享晚年也是一代诗人应有的题中之义。

回望过去，尊重历史，注重诗人文本分析，在《漂移的镜像：2023年中国诗歌精选》开篇给他们留下一席之地，这是诗史意义与诗学研究价值的体现。

腰间挂着诗篇豪猪的"第三代诗人"

　　"第三代诗人"李亚伟出版过诗集《豪猪的诗篇》，书名取自1984年他创作的《硬汉》中的"我们本来就是／腰间挂着诗篇的豪猪"一句。在读者的印象里，"腰间挂着诗篇的豪猪"在当代诗歌史中成了"第三代诗人"的代名词，"硬汉"与"莽汉"的诗歌形象留在了人们的记忆中。但时间无疑是一把杀猪刀，"硬汉"与"莽汉"已经步入了老年，虽然他们依然生龙活虎。

　　杨黎这两年越来越清瘦，从"非非主义"到"废话诗歌"，杨黎是"第三代诗人"中将观念写作坚持到底的诗人。观念写作是"第三代诗人"的主要贡献，当代诗歌能够成立的前提就是诗人写作观念的当代，如果诗人写作观念不当代，那无疑止步于现代诗歌、新诗阶段了。这样的划分是一种常识，最明显的特征是有当代观念，没有当代观念的写作必然不是当代诗歌写作。

　　李亚伟"在路上"的气息浓重，听说最近身患小恙，估计是喝酒喝的，但不要紧，躺几天就生龙活虎了，"第三代诗人"都这样，喝酒是大事，这一点继承了古代诗人李白、杜甫他们的传统，并不能说"第三代诗人"没有继承传统，喝酒就是诗人对传统的最大继承。

　　当然他们也聚会，并且到处行走，但与"第三代诗人"之后的诗歌聚会不同，他们在小酒馆里通宵达旦，品尝自己研发的美食。这30多年来，他们由纯粹的吃喝演变出了专业的美食家，李亚伟开了成都的"积香厨"，二毛开了北京的"天下盐"，还有黄珂的"流水席"，现在成了一个火锅店，我常去这些地方吃饭。

　　诗人聚在一起喝酒，是自古以来的传统，并且我认为是诗歌史上要重点研究的诗人生活，它是诗人的生活方式，更是诗歌的重要内容与审美方式。如何喝酒？以什么态度喝酒？与什么人一起喝酒？喝酒时吃什么菜？喝多长时间？是白天还是夜晚？是下半夜还是上半夜？男女比例如何？喝完之后写什么样的诗？喝酒对于诗歌写作有什么影响？喝酒对于诗人写作与诗歌历史无疑是有影响的。我并不否定不喝酒、不参与诗人聚会的诗人，但每一个时代总是有一部分诗人在酒桌上。当他们频频举起酒杯时，我看到了他们眼中的真诚，他们对诗歌与人间烟火的热爱，不仅体现在诗歌写作上，还通过喝酒与聚会得到了较好的体现。

由于长年累月地喝酒与聚会，一部分诗人身体开始垮了，甚至有诗人直接倒在了酒桌上，这一点引起了我们的注意，不汲取过度饮酒而倒下的教训，实在是诗人的一大毛病，但诗歌艺术的发展从来就是建立在解决问题中的。我相信他们在酒桌上比在书桌上更能靠近诗歌精神。至少我认为他们更靠近李白、杜甫这些伟大的古代诗人。

二毛、李亚伟等一波"第三代诗人"对美食的热爱与钻研，让我想到他们就是当代的苏东坡。感谢"第三代诗人"从火热的诗歌现场转向了火热的酒局，我一直在心里向长年累月在美食行业奋斗的他们致敬，他们在艰难、崎岖、独立、孤独的美食研究道路上做出的卓越贡献，不能只当作诗人的业余爱好来谈，他们发掘、抢救、整理、传播的美食文化已经达到了一个新的高度。在我看来，他们让诗人、美食家天衣无缝地形成了一个牢不可破的整体。

对"第三代诗人"之后的诗人酒局我不太感兴趣，没有更多的诗学价值，是因为后来这些诗人的酒局，基本是有功利目的的，他们通过酒局结识有权势的诗人、编辑与有钱的诗歌赞助人，从而获得低层次的诗歌需求。李白、杜甫、苏东坡，他们喝酒与研发美食的传统是纯粹的，是高贵的，没有现在这些低层次的诗歌需求。

所以，我们要继承李白、杜甫、苏东坡他们喝酒与研发美食的传统，这是进入诗歌史的传统，希望仍然奋战在酒桌一线的"第三代诗人"继续发扬古代诗人的传统，尊重历史，坚持下去。

在先锋大路上狂奔的口语诗人

不是现在才狂奔，他们从来没有不狂奔，从开始那一刻，他们就是这个姿态。这是值得骄傲的。沈浩波年轻，但非常老到了，他与伊沙、徐江、侯马是校友系友，他们改变了中国诗歌的走向，让诗歌往当代的方向走，但并不是所有的诗人与读者都能理解他们的观念，甚至有很多诗人与读者反对他们的方向。

他们有独立的诗歌立场，并不为反对者所动，你尽可以反对，但他们独立的自由的口语写作的立场不会改变。他们激进的口语写作没有妥协的时候，只是有更多的观念与体验加入，让口语写作更为干净与纯粹。当然他们也在淘汰劣质的口语写作，淘汰没有生命质量的口语写作，淘汰不纯粹的口语写作。

伊沙通过长诗《鸟鸣》将传统意象写作改造成他的口语写作，"鸟鸣"作为一种被抒情坏了的题材，在他的笔下变成了短促而新鲜的脱口而出的诗。他不断开辟新路，通向语言的新路。

沈浩波推出了智利大师尼卡诺尔·帕拉的《反诗歌：帕拉诗集》，这是中国当代诗歌一个重要的事件。中国口语诗歌并不是孤立的，在世界文学版图里，是必然的存在，并且以我们现在的成就，可以与世界诗歌进行对话，中国诗歌没有止步于古典诗歌、新诗与现代诗歌，而是坚定地狂奔。

当代艺术"禁止掉头"，当代诗歌同样"禁止掉头"。我们可以向古典诗歌、新诗与现代诗歌中的大师致敬，但"禁止掉头"。

深度意象的言说姿态

臧棣、姜涛是北大诗人，他们要做学问要教书，但激活诗歌语言是他们的任务。语言不激活就会僵化，口语写作是以另一个方式激活语言，深度意象是从语言内部去激活语言。

如果你听到当代诗歌看不懂的言论，请保持谨慎的态度，因为说这话的人极有可能没有阅读当代诗歌的体验。诗歌是生命的体验，生命的体验包含对语言的体验。语言是由日常对话的口语、书面形式的语言组成的，包括古典语言、当代语言等。选择什么样的语言写诗，必须根据诗的要求和诗人的意愿决定。

深度意象的言说姿态也有很多种，臧棣与姜涛的言说姿态都有很大的区别。臧棣对意象是主动功击，姜涛是顿悟与冥想，臧棣不断制造难度然后肢解意义，姜涛强调语言在叙述里的趣味性。

樊子的意象言说姿态是一个硬汉的姿态，他雄性荷尔蒙爆棚，意象饱满圆润，语言的尖叫声此起彼伏，准确刺中诗意的心脏。思想是他的诗歌硬核，思想与意象对话的时候，诗人的形象呼之欲出。

太阿陷入当代生活中不能自拔，这样也好，留下他近距离观察当代生活的方方面面，并迅速转化为诗的镜像。"漂移的镜像"指的是太阿这样的少数诗人。他站在当代的前沿，非常适合观察与体验语言在我们身上发生的变化。

形式变构与人性聚焦

改造新诗、现代诗歌僵化的结构模式，摆脱惯性的束缚，抛弃陈词滥调的叙述方式，让诗与诗人回到当代，关注自身的问题，从形式变构与人性聚焦中获得当代诗歌新的开始。

怎么写是一个历久弥新的问题，一代人有一代人的回答，甚至每一个重要的诗人都有自己的回答。怎么写首先是形式的问题，通过技术手段可以解决，更重要的是我们要学会处理杂乱无序的生活。

写出生命的状态和对死亡的态度，就写出了人性最大的秘密。个体生存的压力、紧张与焦虑，都是活生生的现实，每一个诗人都在其中，我们或许才是迷惘的一代，清醒的永远是新人，未来可期。

形式变构与人性聚焦，是诗学问题，更是生命的问题。苏轼在他的《寒食雨二首》中发出感叹："也拟哭途穷，死灰吹不起。""哭途穷"，用阮籍事，见《晋书·阮籍传》。"死灰"，用韩安国事，见《史记》。想学古人穷途痛哭，心如死灰吹燃不起。这是古人苏轼的人生态度，但他给当代的启示却是源源不断的，像爱的泉水，滋润我们干枯的嘴唇。

当代诗歌何尝不是"也拟哭途穷，死灰吹不起"？我每次读苏轼的病中书，就想到我们在诗歌里的处境。我近年反复读王羲之的《兰亭序》、颜真卿的《祭侄文稿》、苏轼的《寒食帖》，在读苏轼诗的墨迹时，我仿佛感受到了诗人的心跳。

当我读了李建春的《夜行湖畔图》后，我又去读苏轼的《寒食帖》。李建春有与苏轼相似的生命体验："我每晚散步经过的汤逊湖的一角／那阴暗、无情的波动，在这时节／又散发一股寒意。夜宿的鸟莫名的嘎声，／在欲雪的细雨淅沥中，悚然结冰。"

李建春对生命、自然有系统的反思，在《爬朝霞的人》里他有了"也拟哭途穷，死灰吹不起"的"无邪"。"朝霞虽好，那爬朝霞的人／却很痛苦。他每一分钟都分解／成光，因此地上的风景／是他的内脏。用剖开的牛肉／表现站在肉案前的女孩，／她瞪大的眼睛从浮动的阴影／浮出。坚定、悲剧的生命，／在与自然的关系中无邪。"

与现场平行的诗歌虚拟世界

江非从山东到了海南，但他的诗写的还是山东土地上的生活，在我的印象里，他并没有改变自己的气质，相反，人到中年后他不断强化山东土地上的生活，海洋没有改变他，因为他来自土地。江非以"与现场平行"的姿态长驱直入，他的诗即是生活现场，他从生活现场出发，建构一个"诗歌虚拟世界"。

"我"是当代诗歌的主体，"虚拟世界"成了客体。"我"在何处，当代诗歌就在哪里。"我"的经验是40多年来当代诗歌最为宝贵的财富，回到"我"，从"我"出发，在"我"的内部解决所有外部的问题。同时走向"诗歌虚拟世界"，"与现场平行"的"诗歌虚拟世界"是什么世界？是建立在"我"的经验基础之上的形而上的诗歌世界。

叙灵与乡村生活平行，但他超越了乡村生活，他的"诗歌虚拟世界"是"野鸭在月光下盘旋"，这样的场景不是现实的，而是精神的。

刘春的"是的，我的一生都在妥协／从少年时代打下第一只麻雀开始"，"与现场平行"的人生考问让诗焦灼燃烧，一个真实的灵魂黑洞由此敞开。

民间诗人的纯粹与自在

民间诗人自己玩自己的，写诗就写诗，写的纯粹在他们身上得到了淋漓尽致的体现，他们只管写，无法顾及别的，他们的心不在诗坛那些好处上面，他们也顾不了。诗坛很多东西都与他们无关，获奖、发表、出版、出场费、礼品等等，都不会给他们，不是他们不想要，而是没人给他们。

在一个功利主导的诗坛，谁会给一个毫无回报与交换价值的诗人好处呢？那就写自己的好了，不要通过诗获得金钱与任何其他好处，这也是民间诗人能成为民间诗人的前提。

如果一个民间诗人获得了诗坛种种好处，甚至在更多的地方发表与出版，都会削弱他的民间性，从而丧失民间诗人的纯粹与自在，变成另一个诗人。

所以，你们要抵制诱惑，保持民间诗人的初心与定力，不要随便就被人拉下马了。骑在民间诗人的高头大马上，凉风吹着其实还是挺威风的，纯粹与自在并不是所有诗人都能享受到的待遇。很多人都可能羡慕他们的纯粹与自在，因为他们才是最干净的诗人，而不是占尽了诗坛种种好处的诗人，不管是有意还是无意，凡是占了诗坛好处的诗人，他们的灵魂或多或少都被污染了。

自力更生，自己创造条件给自己好处，当然这需要诗人具备较强的生存能力，我认为这才是繁荣诗歌的办法，其实世界本该如此，通过自身的强大来解决自身的问题，而不能通过他人的给予来强大自己。所以我主张不与人争，更不要参与抢夺诗坛好处，待在自己家里，我可以不与你玩，只与自己认可的诗人玩。做一座孤岛是民间诗人应有的做法，不抱团不结盟，自己就是一个诗坛，这也是我的理想。

叙述转向的新语感

当代诗歌如果有新的拐点，可能会从叙述转向开始，转向更为个人化的语感。

当代诗歌语感的一丝细微的变化，都是一个诗人心灵的颤抖。诗人如果感受到了这一变化，并且抓住它，强化这一语感的力量，最终形成自己的语言与语气，那将是值得庆祝的事情。

梁平是快刀斩乱麻的叙述方式，他的语感稳定而绵长，语气向内吸收，给人带来阅读的快感。郁葱叙述大开大合，起伏跌宕，有石头滚动发出巨响的语感。

陈旧的叙述比比皆是，无法产生新鲜的语感。只有当一个诗人内心积淀了足够丰富的感叹才会释放出新鲜的语感，当一个诗人只有单薄的语言与单向度的诗歌观念的时候，是不可能有新鲜的语感的。

我们处在一个诗歌惯性大于新鲜语感的环境，我们的阅读与写作在惯性中滑行，习惯成自然，要打破诗歌惯性难于上青天。诗歌惯性其实就是我们平时强调得特别多的诗歌标准，我们生活在一个诗歌标准的时代，大家以诗歌标准来评判与要求你的写作。

叙述转向，转向一个陌生的地方，并非大家所愿。因为那可能是危险的。

叙述转向新语感是一个技术问题，但背后是诗人舍弃惯性写作的勇气与才能。

跨越时空与超越性别的女性诗歌

不能从性别论诗歌，而要从诗歌文本与诗人个案来论诗歌。平等是诗人与诗歌的基本态度，既不看低，也不看高，而是平视，彼此平视，你不要俯视我，也不要仰视我。

以清澈的眼光打量对方，做一个清洁的诗人就够了。不带有预设的性别意识，不以性别来评判诗歌文本。当跨越了时空，并且超越了性别的女性诗歌呈现在我们面前时，我们看到的是诗的光芒。

娜夜的《老人》告诉了我们什么？"老人哭过了／现在她坐到了公园的长椅上／不知道她经历了什么／怎样的辛酸／或悲愤／她的坐姿告诉我：／

从未奢望过完美的人生／也不接受没有尊严的生活。"女人的一生是这样度过，"有尊严的生活"，这体现的是人类的生存权利。这个哭过的老人"从未奢望过完美"，因为她经历过辛酸或悲愤。

娜夜跨越时空与超越性别，她关注的是人的诗歌，而不是性别的诗歌，她写的是人的命运。

译者的诗歌逻辑底座

因为译者，诗歌从一种语言走到另一种语言，实现不同语言的诗歌价值传递。译者揭示了诗的奥秘，并且形成了自身的诗歌逻辑底座。

什么是译者的诗歌逻辑底基？在诗歌的情感、技艺和语言之内，诗人和译者之间实现了直接的对话与合作，去建立诗歌逻辑思维方式，激活了诗歌语言的能量，让读者也多了新的阅读期待。

当然译者的诗与翻译彼此独立，并非译者的诗就带着翻译味道。好的诗歌让人看不到翻译的痕迹，而是自然呈现，将一种语言植入另一种语言之中，轻易将读者带入诗的语境。

黄灿然的诗歌声音是柔和的，如丝绸拂过火焰，轻轻舔了一下，就完成了自己的燃烧。他是一个渊博的译者，也是一个拥有个人语言逻辑的诗人。

汪剑钊以"身体真实的体验"解决了译者理性的职业习惯，让诗与人、诗与物在他的感叹里有了"飞翔的自由"。

李以亮告诉读者，写诗的时候他就是一个诗人，而脱下了译者的外衣。他的诗歌敏锐，具有内在的弹性，像一架语言的飞机在气流中穿行，做出惊险的动作，不断喷射奇异的想象。

骆家凝重庄严，但又睿智豁达；远洋细腻如针，但又辽阔如海；夏露清澈透明，但又撕心裂肺。每一个译者都拥有一座花园，译诗与写诗构成了花园不同的季节，他们需要打理植物与倾听虫鸣。诗的逻辑就是生命的逻辑，诗的底座是诗人与译者日复一日的劳作，读者看到的是诗，是不同语言的诗，是读者从译者的左手与诗人的右手接过的玫瑰。

小说家与诗人的共同体

在不同文体之间切换，或许是所有写作者都愿意玩的游戏，这种事情给写作者带来快乐的刺激，我有过这样的体验。晚上满脑子的人物、对话、故事、叙述，小说写作的过程充满了惊险，一个故事换来一夜无眠的狂欢，白天当我切换到了诗歌写作的时候，我会变得谨慎和节制，语言不是多了而是少了，故事也是省略的故事，玩的是隐藏起来的感觉。但如果写成赵原式的"小说诗"，那就是一种诗学的贡献。我所见的小说家诗人是在小说与诗歌的两种思维模式之间转换，而将小说与诗打乱、融合，在小说叙事逻辑之中加上更多诗性的成分，形成嵌入式的诗学系统，目前我了解到，还只有赵原一人这么干。

小说家与诗人的共同体意识已经逐渐进入了常态，小说家写诗，诗人写小说，不同类型的文体理应得到更好的激活，但事实上我们看到的也不是特别好的结果。一些小说家的诗完全是外行写的，甚至让诗人笑话，而诗人写小说大多时候令人惊喜，叶舟、阿来、韩东、邱华栋、蒋一谈、霍香结、程维、陈仓等人，他们本来就是写诗的，所以可以写好小说。所以，将诗的想象与方法带入小说，一定可以让小说表达更有新意，甚至写出新的文本。

墨西哥小说大师胡安·鲁尔福的《佩德罗·巴拉莫》《燃烧的原野》《金鸡》，澳大利亚作家理查德·弗兰纳根的《河流引路人之死》《深入北方的小路》，他们将小说引向了诗的深处，实现了文学语言与诗的汇合，他们的小说充满了诗的思维方式和语言，而不仅仅是我们平时所说的诗意。

写出《访问梦境》《信使之函》《我是少年酒坛子》的孙甘露、写出《白色鸟》的何立伟、写出《你别无选择》的刘索拉、写出《无主题变奏》的徐星等等先锋作家，他们都是诗人气质浓厚的小说家。

在小说与诗中来回切换写作的诗人韩东，还有伊沙、赵卡、李唐等人，他们是幸福的诗人小说家。

老牌诗歌民刊与自媒体的朝霞

当代诗歌发展的40多年里，至少有20年诗歌民刊的黄金时期，最繁荣的时候，诗歌民刊无处不在，乡镇、村落、大学、城市都会有诗歌民刊出现。诗歌民刊在当代诗歌历史中扮演了重要的角色，说诗歌民刊曾经推动了当代诗歌的进步也不为过。《他们》《非非》《边缘》《今天》《诗参考》《幸存者》等几千上万种诗歌民刊有过它们的辉煌，属于诗歌民刊的时代已经过去，它们中大部分都消失了，只有为数不多的还在坚持，影响力也极为有限。

随着时代的变化，诗歌民刊的独立性不复存在，个性化的东西也不见了，推动诗歌进步的作用也非常小了。一方面是主办者诗歌理想的丧失，另一方面是诗人与读者丧失了诗歌理想，理想主义没有了，诗歌民刊就变得面目全非，再也不是从前那个味道。油印消失了，纸张高级了，装订豪华了，但就不是诗歌民刊了，与正式诗歌刊物没有区别了，甚至比正式诗歌刊物还要正式。

从北京诗人世中人收藏的较为全面的诗歌民刊，可以看到当代诗歌发展的民间历史。从荷兰汉学家柯雷所做的诗歌民刊田野调查，可以看到金钱改变下的当代诗歌时代取代了诗歌民刊时代。

现在我们来到了自媒体诗歌时代，已有的自媒体已经是旧媒体了，更新的媒介不断出现。这就是诗歌不得不面对与适应的新技术革命的时代。当代诗歌还刚刚沐浴在自媒体的朝霞中，像一个婴儿无所适从，露出天真而笨拙的微笑。

除了微信这一日常生活工具，小红书、抖音、快手等平台上的专业诗人并不多，只有少数诗歌爱好者在玩，更谈不上什么诗歌意义，只有社会学的意义。但自媒体或更新的媒介代表了新的生活与未来，所以，我依然称之为诗歌"自媒体的朝霞"。

中国诗歌奇幻的一代

中国诗歌奇幻的一代，如朝霞如露珠，"00后"诗人长大成人，"10

后"如雨后春笋又冒出来了，与当年的"00后"诗人一样，写得好的孩子越来越小了，诗意化的想象让人眼前一亮。

我认为，诗是一种思维方式，诗是人脑中本来就存在的东西。如果没有发现诗的思维，诗就消失了。所以，对于还不能写字的孩子，我鼓励他们大量说诗，说的时候就是诗被发现的过程，只要我们记下来就是诗的句子。

我惊讶于三岁的何孝乔说出《阴天》是"云把太阳丢掉了"，"我把饼干埋起来／它就可以长大了"，"太阳出来了／窗户都晒黑了"，这样新鲜而陌生化的诗句，是每一个成年诗人都应追求的，但在一个三岁孩子的眼里，世界本来就是这样的。

朱雨晗的《眼泪》是这样的："我的眼睛／没有流泪／只是湿了一点"，孩子的心灵是诗的心灵，透明而美，天真而善良。"昨天下的雨／不是普通的雨／它是暴雨"，从生活观察中来的诗就是真实的诗，是孩子感受到的诗。

"妈妈／我的舌头被绊倒了／被我的牙齿绊倒了／我的牙齿就站在那里／我的舌头冲过去／被绊倒了"，这是七岁的薛元霖的诗。诗如一幕舞台剧，充满了动感。我被童诗的戏剧性冲突吸引了，分行的语言出现了一波三折的效果。表达简单又不简单，只有孩子才能想到才能写出的诗，这是与孩子的成长经验密切相关的诗。奇幻何在？就在孩子成长过程中产生的微妙感受里。

继姜二嫚、铁头、游若昕等"00后"诗人之后，又出现了朱雨晗、何筱柚、何孝乔、聂晚舟、吴伊然等"10后"小诗人，他们读着姜二嫚、铁头、游若昕的诗开始写诗。一代人向另一代人无缝连接地进行诗的接力，这当然是一个诗的时代，为诗的想象欢呼吧。

小长诗的从容与抱负

长没有尽头，可以无限长，我选不太长的长诗，但从中可以体会到诗人的从容与抱负。

树才的《兰波墓前》，有中国诗人的仪式感，是生者向死者的告慰，是一个中国诗人对死者的理解与告白，不同时代的诗人处于同一首诗里进行精神的对话，生者仿佛可以听到死者的呼吸与心跳。异国长眠的诗歌天才，没有忧伤，只有绵绵不绝的爱。

路云的《荫影》在植物的荫影下扩大了语言的孤独，轻松而跳脱，流畅而深刻。摘取现实的一片树叶，诗人看见了整个世界。

赵原的《白鹭飞舞》以箴言的方式，呈现出人文理想图景。狂舞带动轻风，在简洁的句式中一伸一缩，小长诗只是一场语言的舞蹈。

草树的《去天堂镇》是一场灵魂的探险，步步深入，细节与场景清晰可辨，叙述节制，逻辑结构紧密，将诗引入幽深与神秘。

梦天岚的《荫家堂记》是从历史出发去寻找爱的文本，温润而深情，儒家文化的细雨追着诗人的脚步。

小长诗涌动当代诗歌人文思潮，在一个没有时间阅读长诗的年代，我们暂且保留小长诗的尊严。

2023年12月5日于深圳香蜜公园

目 录

第三辑　在先锋大路上狂奔的口语诗人

第四辑　深度意象的言说姿态

第五辑　形式变构与人性聚焦

第六辑　与现场平行的诗歌虚拟世界

第七辑　民间诗人的纯粹与自在

第八辑　叙述转向的新语感

第九辑　跨越时空与超越性别的女性诗歌

第十辑 译者的诗歌逻辑底座

第十三辑　中国诗歌奇幻的一代

第十四辑　小长诗的从容与抱负

第一辑

朦胧诗人今何在

梁 小 斌 诗 选

融化到此为止

被你一脚踢下河滩的不是一块石头

而是一块冥顽不化的冰

它是冰

而从脸颊上流下来的冰水却背叛了冰的旨意

如同泪水背叛了眼睛

就退到沉重大海的幕后

汇入暖洋洋的水流

黑嘴鸭从这越变越小的栖息地上前后飞走

那耀眼的白斑最后一闪

冰水尾随着冰块

承担起在阳光下反光的重任它终究不能

这块冰的结局

是完全、彻底融化干净

融入尽人皆知的水天一色的古老境界

但是偏不

这块冰的内核是一块褐色石头

石头上刻着几个字：

融化到此为止

推敲新说

将每一天咀嚼成岁月
再将岁月无条件交给时光
再将时光铆定为
永恒
即是诗魂

何谓推敲
一位凡心者永远只知推门
终于迎来了门轴破损
回归者轰然有声

另有一位敲门老僧回寺
敲击声引出幼童开门
但睡意尚存

幼童出迎的迟缓时刻
敲门声渐急
门轴动弹一下旨在提示
僧人回家
只需轻轻推门

推敲新意
源于推敲者
能否将推或敲的举动

坚持到底
守住本心

芒 克 诗 选

晚年

墙壁已爬满了皱纹

墙壁就如同一面镜子

是一位老人从中看到了一位老人

屋子里静悄悄的。没有钟

听不到嘀嗒声。屋子里

静悄悄的。但是那位老人

他却似乎一直在倾听着什么

也许,人活到了这般年岁

就能够听到——时间

——它就像是个屠夫

在暗地里不停地磨刀子的声音

他似乎一直在倾听着什么

他在听着什么

他到底听到了什么

雪地上的夜

雪地上的夜

是一只黑白毛色的狗

月亮是它时而伸出的舌头

星星是它时而露出的牙齿

就是这只狗
这只被冬天放出来的狗
这只警惕地围着我们房屋转悠的狗
正用北风的
那常常使人从安睡中惊醒的声音
冲着我们嚎叫

这使我不得不推开门
愤怒地朝它走去
这使我不得不对着黑夜怒斥
你快点儿从这里滚开吧

可是黑夜并没有因此而离去
这只雪地上的狗
照样在外面转悠
当然，它的叫声也一直持续了很久
直到我由于疲惫不知不觉地睡去
并梦见眼前已是春暖花开的时候

严 力 诗 选

化妆与卸妆

曾积极赶赴过的

各种职业场合与社交舞会

已没有什么吸引力了

而惰性令我的身心

越来越舒服

邮箱也逐渐失去了

盼望录取或邀请函的眼神

现在我用谨慎的饮食

以及放松的心态

打磨健康

而在饭后出行时

一律把赶路或迪斯科的状态

卸妆成一小时的

半公里散步

惦念

不是有乐器的参与

才叫音乐

人也是一件发声的乐器

比如我喜欢的几种街头叫卖
它们可以比美
一首歌的某段高潮
我还喜欢某个老友能经常来电
至于他说些什么并不重要
重要的是
他的腔调培养了
我对此旋律的惦念

飞

我一直喜欢仰望飞鸟
以及展翅的飞机
或者
滑翔的云

多年之后才顿悟
无论使用什么样的标准
风
才是飞翔的唯一高手
也只有风
在撞墙撞楼
撞山撞地之后
还能飞

第二辑

腰间挂着诗篇

豪猪的第三代诗人

杨 黎 诗 选

蓝调

又梦见她

她死了后

我已梦见

她有四次

没有忧伤

也不恐惧

像我们喝茶

一杯一杯

连一顿饭

都没有吃

而作为我

一个俗人

实在是想

和她喝点

由南到北

由南到北我走了10公里

就到了一片水田

我看见牛，它正在耕地

如果要看见老虎

当地人说

我还得再走20公里

你是机器人吗

请王医生给小陈抓一服中药

重在阴阳平衡，等小陈煎开后

再告诉他，其实我们比

一服中药更充满事物的两面

耳朵一只大，一只

它对着小区，隔着窗帘

李 亚 伟 诗 选

云中的签名

今夜的酒水照见了云朵

我振翅而去，飞进远方的眼睛

回头看见酒店为月光的冷芒所针灸

船在瞳孔里，少女在约会中

我的酒桌边换了新来的饮者

月亮的银币掷在中天！

两袖清风，在昨日的吧台

时间的零钱掏空了每一个清醒的日子

我只有欠下今天几文，把海浪的内衣朝沙滩脱去

拂袖而起，把名字签在白云的单上

飞进天上的庭院

转身关上云中的瞳孔！

南方的日子

那时我站在南方，所谓南方

就是一棵树想跟另一棵树发生摩擦

朋友们眯缝着眼打河边走过

几棵树没动

我站在下午估摸着河流在远方

转弯的模样

准像一个穿灰衣的朋友在车站边绕过

我扶着一棵树而这树

正揣摩这会儿自己是不是一个人

是不是有着柳这样名儿的人

南方的树很多

但不能待在一块儿

因为它们有根

有根的东西就不容易去看朋友

以后黑夜来临我也似乎有了根

树枝举着月亮星星

我依靠我的影子和另一棵树在黑夜靠近

以后我们就常听到

人们在屋子里对我说

"什么风把你吹来了"

风中的美人

活在世上，你身轻如燕

要闭着眼睛去飞一座大山

而又不飞出自己的内心

迫使遥远的海上
一头大鱼撞不破水面

你张开黑发飞来飞去，一个危险的想法
正把你想到另一个地方
你太轻啦，飞到岛上
轻得无法肯定下来

有另一个轻浮的人，在梦中一心想死
这就是我，从山上飘下平原
轻得拿不定主意

韩　东　诗　选

细节

你说得多流畅呀
那么多的细节
一件无关的小事
他的个子多高多矮
你走路怎样的踢踢踏踏
说吧，说吧
那个路过的人出现在你的谈话中
那么的无关、无辜
毫不知情
却被我记住了

一匹马

一匹马站在草原上，一动不动，
足有十分钟。
何以见得这是一匹马，
活的，像其他的马一样?

终于它动了一下，
我们放心地开车离开。

看晚霞

每天傍晚我赶回去
和你一起看晚霞。
有时我们在一辆车上
就向晚霞开过去。
如果我们站在楼顶上
晚霞便在窗前自动升起。
下面的夹江岸边有一些人在钓鱼
这些人只看水面，直到
一条鱼被拎了出来
死去以前看了一眼晚霞。
而钓鱼人看见鱼鳞上反照的霞光。
我们看见昏暗中的鱼肚白
刀光似的一闪。
上帝看见一片血海。
然后
谁也看不见了
鱼的魂魄返回深深江底。

旧爱：一个叙事

她从来没有爱过他
这是一个秘密。后来
她不再需要保守这秘密
但也没有必要宣布
留下一些衣物和一本日记就离开了。

她答应回来取这些东西
终究没有回来。
不是欺骗，更不是故意的
只是解除了警惕，秘密
像一个结在时间中松开。
当他翻看那本日记
犹如古墓中溢出刺鼻的气味
他也没有因此受到伤害。
只是稍稍遗憾。
他把旧爱理解成某种深情
她从来没有爱过
但他们之间确有情谊
因缺爱更让人难以忘怀。
那些他们一起走过的路
更具有抵达的目的
相拥和眼泪，是未曾抵达。
某种深情或者爱的渴望
宽广有如虚无。

于 坚 诗 选

好瓶子

黄昏　世界在晚餐

欧罗巴刀叉与亚洲筷子

演奏着美味的布鲁斯

夕阳走过世界的阳台

揣着它的玻璃瓶子

空着　盛着干透的光辉

它闻见白兰地和茅台

它想灌一瓶红葡萄酒

跟着撒旦跳个华尔兹或者探戈

但它只会踩高跷

流浪者滴酒未沾已经微醺

深蓝色的晚风带它去睡床

星星为它拉上窗帘

收音机在播放贝多芬的交响曲

毕加索的白鸽子在月下飞

一条龙逃出了宫殿

李白在长安的桂树下酿酒

睡吧　世界不会在酒窖里开仗

一个好瓶子足够做千秋之梦

注：2019年，亚美尼亚诗人洛杜在网上看到我一首90年代旧作的译文，寄给我。原文找不到了，通过翻译软件译回汉语，再凭记忆修改之。

一个诗人的青年时代

青年时代我住在华山西路

父亲的房子里　我有一张单人床

隔壁是法院　米铺　一家理发店

一个杂货铺　三只猫轮流出现

小偷有时跑过　昔日长安城

"赵李相经过"　街角有家米线馆

炖着一锅骨头　我注意到女人们

的胸脯　我二十四　满脸粉刺

外祖母还活着　桉树在墙后面

我爱的人都不爱我（林黛玉

邓丽君　查泰莱夫人　简·爱）

我只对落日抒情　最爱看电影

滇池清汪汪　在天边下闪着光

（我在里面游泳　经常不穿短裤）

天才还没有亮相　笨蛋在等着答案

上班我在北郊的煤矿机械厂　（铆工）

我藏着一个猪皮钱包　（在裤袋里）

钱包而已　没有一张纸币　（有饭票）

有时候在家看看书　写信给那位

永不回信的编辑　（不是康德认识

的那位）　是住在　染布巷29号的

那位　我只有三四个朋友　政治系的

朱晓阳　冶金机械厂的杜宁　写诗的

费嘉　吴师傅的长子老吴　在他家聊天

到12点半（谈了老子　普希金

赵雅兰　五四运动　详情见《尚义街6号》）

他妈妈早就睡了　他爸爸在洗脚　下楼

去找靠电线杆停着的单车　不见了

倒霉的一天　（怪不着谁）　半夜

我梦见自己写出了杰作　署名是

无名氏　一身冷汗　开灯　拍蚊子

看天花板　再过两小时天才会亮

朋友们来到了昆明

朋友们来到了昆明（都老了

都学会了开会　发微信）

我请他们吃饭　（以报答从前

分文不名的时间　寄信要贴一张

8分邮票）　带他们去我最喜欢的

傣味餐厅　庭院式　虽说不是西双

版纳　却也是蓝天　白云　夕阳

金光　供着佛像　两年不见　你

又黑了　是啊　云南阳光好　越来越

像个土著　左边坐着韩东　（一九八四年

认识的）　和他爱人小鲍（五年前

认识的）　右边是何小竹（一九八七年）和

吉木狼格（一九九二年）　点了芭蕉叶

包烧豆腐　牛耙糊（一种煮烂的牛肉）

油条稀豆粉　凉拌米线　牛干巴　撒撇

（傣语　用牛胃里的反刍物制成的

很苦）　虎皮辣椒　香叶煎蛋　干焙

土豆丝　都是我最爱　"你们肯定没吃过"

席间谈到　你和某某　某某某　有什么

过节　没有　只是尽量避免和写得差的人
来往　也不开他们的会　何必呢　得斟词
酌句　找些话讲讲　小心着莫伤着人家的
自尊心　还说了一阵杨黎　（他没来　会议
没邀请他）　他的天分　他的天真和世故
腿好了没有　还在写诗吗　在写
天天写　梦中写　醒来又接着写

我们坐在一起

诗歌节　我们再次坐在一起
等着登台朗诵　第一次坐在一起
还是小伙子　街沿上　他诅咒空气
我赞美南方　然后——去小巷里
撒尿　集体穿过黑暗的街道
去另一条街道　朝木乃伊般的路灯
扔去快乐的酒瓶　与黎明抱头痛哭
然后坐在一起　（新诗史载：第一代
艾青　第二代北岛　第三代是那几个
小杂种）　三十年前　我从昆明过去
火车朝北方开了三天两夜　停在成都
韩东向西自南京来　怀诗一卷　何小竹
（苗族）　吉木狼格（彝族）　小安
和杨黎（他们坐在一起）　秋天的都江堰
一场婚礼就要升起　拒绝隐喻　反对麦克风
总是不约而同坐在一起　（他们坐在那边）
就像西西里岛的好兄弟戴着墨镜

（准备杀人） 我们没有墨镜 低头
在白纸上写诗 《祝福少女们》 （罪状
到口语为止） 审判就要开始 胜负
早已决出 （"这些要挨刀的"——他们
是这样说起诗人的） 我们坐在一起
每次都是 （像是被泥石流垒在一起的
石头） 多少时代过去了 他们早已走红
衣锦还乡或反目成仇 翻脸不认 看哪
这几个写诗的人还坐在一起 高堂明镜
悲白发 朝如青丝暮成雪 《悲伤与永生》
《傍晚下雨》 我们坐在一起
心怀忐忑 像少年 等着朗诵

柏　桦　诗　选

对嘉宝的一个偏见

因为诗人都有点农民气
嘉宝也就有了点农民气。
因为诗人迷信佛教
柬埔寨森林里石佛的面容
也就像极了嘉宝

谁说过唯有济慈的诗
可与嘉宝的形象媲美?
但在不知不觉中，嘉宝变老了
有时她会神魂颠倒地说
　"当我是个小伙子的时候⋯⋯"

闯荡江湖的小伙子呀!
好莱坞就是由你们这些
浪迹天涯的人组成的。
这句话我在哪本书中读过
我早已经忘了
但它却让我又想起嘉宝

惋惜

日落时分，光线好奇
在格子纤维桌布上发出闪光。
小纸箱里什么东西不见了？
一本解剖学书籍，
两颗彩色玻璃珠子……

——引子

这偷听来的一世的一夜，
便胜却人间无数。

——题记

一阵风……
医生之子从嘉陵江桥头归来
"夜行驿车"驶入了上清寺邮局

真巧，
迎面有一个小脚手架子
有一格木头窗户透出强光！
那医生之子一跃而上，
看到了什么？

一间浴室凭空诞生了！
（只为今夜，第二天它将消失）
流水哗哗不停……
香皂的气味不停……
水泥地面湿得发亮
一个女巨人的裸体白得发亮……

五十六年后

诗神还在为我的缺席惋惜吗？

医生之子最懂得我这句偷来之诗：

六十六岁的我为十岁的我惋惜。

徐 敬 亚 诗 选

在宁国得到安宁

在宁国，我的受奖之地
自负一生者忽然感到了羞愧

自己向自己开枪，距离最近
子弹只飞一秒

海南大学有一位女哲学家说过：
"一个人可以因羞愧而死"

此刻，铺满整个江湾的红杉林
满脸绯红，本来与我无关

命中注定，我在磨盘旁停下来
捂上了佯装鸟瞰的眼睛

墙壁上那条不断翻卷的绳索上
我悬挂在跳跃与跌落之间

羞愧是一间自己开设的教堂
告解者兼任神父

一个词语意义上的袖珍小国
让我享受了一次刷洗灵魂的安宁

杨 克 诗 选

加里·斯奈德

寒山的弟子，在峰峦诞生
河流的旋律，风的吟唱
站在寒崖上，他与东方智者相遇
诗的世界里，时空交错

野鹿、流泉、古木都有了禅意
他与寒山对弈，与蜻蜓共饮
在冷涧之中，他照见了自己
在机锋之中，他发现了宇宙
万类在他的笔下没有边界

他告诉人们：要去体会风的自由
去聆听雨的歌唱，去观看云的舞蹈
去水边感受生命

他的文字如泉水，清澈透明
像山岳，厚重沉稳
他是船夫，渡人过生死的河流
寒山的微笑，在他诗的节奏里呼吸

头发蓬乱，拖着木屐，敝袍飞扬
诗僧寒山被"嬉皮士"斯奈德尊为偶像

垮掉肉身灵魂出窍

一片落叶告诉世界

诗是一种修行

当纽扣大的智能互译各种语言，巴别塔能否通天

纽扣大的智能来了

互译万语通各种方言

纷繁的声音瞬间转换

国族的边界变得模糊

这小小的万能秘书

走到哪仿佛都是乡亲

巴别塔要通天顶嘛

你来帮忙还是添堵

每种语言有自己的韵律

文化背景也要注意

纽扣大的智能虽然强大

有时还是会弄巧成拙。

纽扣大智能的奇迹降临

语言的困境将迎风飘散

通天的巴别塔能否建成

这个问号在天空中回旋。

何 小 竹 诗 选

梅花改刀和平口改刀

关于它们的用途

我已经写过文章

有关故事

也写进了小说

现在，是我亲手

将它们

呈现在你面前的时候

请看清楚了

这是梅花改刀

这是平口改刀

火花

他说，来，我们碰一下

看能碰出什么火花

我们喝茶，抽烟，搜索枯肠

一个下午的时间过去了

期待中的火花却始终没有出现

反而是，有天黄昏，我在东大街过马路

被一个陌生人撞了一下

猝不及防，一束火花腾空而起
好漂亮的火花，既像蒲公英
又像萤火虫

贵州

从小就听说
河的上游是贵州
看，那就是贵州下来的船
我们站在河滩上
对着过路的船高喊
贵州，贵州
好像这只船就代表了
那个遥远的省份
但贵州并不看我们一眼
只带过一些波浪
拍打在我们的脚丫上

梁 晓 明 诗 选

穹顶之下

不是天空限制了我们

而是我们自觉有一个天空，

而且，我们时刻把这个天空牢牢放在了心里

蝙蝠

我飞给黑夜看，飞给孩子看，我甚至成双结对

飞出一种斜翅的姿态给爱情看。

但

我不飞给人看

我不在白天飞，

我把身体

倒挂石壁，

我习惯倒过来看人

人的脚

会小心翼翼偷偷反对他们的眼睛

我倒挂，我看得更清

我祖祖辈辈都把头颅深深下垂，我不想说：

我们谦逊

我们小心

在暮色里飞，在墓碑上飞，在荒坟

与清冷的深山里飞

多少年来，

我们一直一直努力拉开与人的距离

拉得还不远，此刻

又被你们的嘴唇冷冷提起

尚 仲 敏 诗 选

酒干倘卖无

年关，从一个饭局，赶往另一个饭局
在车上，突然想起《酒干倘卖无》这首歌
八十年代，我有一个军用挎包
里面装着笔记本、钢笔、烟、火柴，然后就是一盒磁带
苏芮的，主打歌是《酒干倘卖无》
几十年过去了
在我心中，一直有一个画面
一个老人，沿途收买空酒瓶子
她家里有一个小孩，等她供养
这个小孩就是我

赵 野 诗 选

河流振翅欲飞的时候

一

河流振翅欲飞的时候
词语开始绽放

心欲丈量天空的广袤
承接神的言说

存在是一种宏伟叙事
让我们戚戚战栗

落日谈玄，峨冠博带
庄严沉入大漠

二

末劫怎样渡，青天蒙昧
不染岩上花树

众生中的我俯瞰众生
端坐百尺竿头

大把的黑暗溢出手掌
吞噬光的伦理

白马驮来西边的典籍
立定中州精神

三

无论如何不要贬低生命
虽然，诸漏皆苦

此世的可能鸢飞鱼跃
但命名心爱事物

香烟尽处验出真教条
虚空纷纷破碎

更好的句法悄然而至
五月桥上拂过

四

这一切可否松弛下来
像你的花布衣裳

婉约的问候，像鸟儿
应和山谷回声

欢筵都会结束，何如
铭记温暖的细节

狮子在东边云中隐去
世界并未完成

　　注："光的伦理"语出诺奇克；"世界并未完成"语出马勒伯朗士。

五月

年过半百，终于相信
生命有很多来回
执念吹起往世的白发
和明日的眼泪

河水一路出新意
渡口闪闪发光
对面树上，那只鸟
定要把我带回从前

五月，觉悟值得期待
南风不常不断
行星在天上运行
对我一直都很慈悲

快乐留不住啊
痛苦也会过去
年过半百，我终于
读懂了落花的句法

张 小 云 诗 选

弟弟在哪里

"5个音，听得清吗

弟弟在哪里，尾声长长的"

春天里母亲教我指认这种鸟鸣声

经她一说，鸟叫便悲戚起来

"老师说这是布谷鸟"

母亲摇头说，这是兄弟鸟

他们一起上山种大豆

弟弟被老虎叼走了

哥哥没找到弟弟回不了家

只能一山一山地唤

此后每到春播时节听到这声音

我就赶快告诉母亲

"他又来了"

这些年这声音总在

城市中心的水泥楼丛里盘旋

"弟弟在哪里，弟弟在哪里"

难道弟弟或是老虎都到城里了吗

他现在是一城一城地啼吗

我点香时如实告诉母亲

"他找到城里来了"

一次特别的重开机

咚咚咚响的同时

看到先是银行啦保险啦

再后面出现亲友的

生日祝福

正式启动后跳出阳历农历星期几

旧历这日子像是自己的生日吧

再看，嘿，新历也是啊

不是一甲子年才一次重叠吗

俺不是还没六十嘛

随后快速跳出第一念

不是为此唏嘘

而是快步走到厅里

在父亲母亲像前

跪下

车 前 子 诗 选

蜻蜓

没人只有现实。一堆灰
草色，我们推着自行车，
像有不少悲壮事等待完成。
苍凉窗口，塞进大轮船：

甲板上狮子猴子友好地在自己梦里，
不会饥饿，携带的虱子，
足够占领海港，那时，
路灯全部亮起，没人捕捉蝴蝶。

而蜻蜓翅膀用透明度量天际线，
月亮体温比鲨鱼高出一筹。
（保持神秘，就有工作。

怀古

抱歉，大公园里
奇异的棕榈，在青年之夜，
我们与惊叹厮混，
心，甜蜜，告别，

给他看到天文台，

搬迁，没有星星，干草堆发绿底部

像压住一艘船，

像有个洗手池，肥皂

竭尽全力配合专业生产的激进：

模仿了

那些著名

舌头（永远的，

探索的，杜甫那时不存在。

在一首诗后面

"小如一朵玫瑰……"

不知道是谁小如一朵玫瑰。

夜在枯萎，叶子，黑暗的灌木丛，

花，突然跳出，

着火，仿佛着火（灼热，刺

痛，快，很快：

明亮；

所有燃烧的花，

都是玫瑰。刺痛——明亮。

王 寅 诗 选

晚年涂鸦

用坐标纸写信
给自己写信
给火焰写信
给宇航员写信
给不会回信的人写信

他们不说噪音　而关注寂静
不听惊雷　而只闻细雨
不问器官　只关心草木
不问生死　只专注僧侣
不问矿物　只关心哲学

为什么没有完成?
为什么要完成?
错误的不是城市　也不是国家
仅仅是夏末的尘埃
仅仅是暮色的峡谷
仅仅是被挥霍的天赋

给彭波而十岁生日

十年前，你来到人间
十年后，你将长大成人

不管未来如何被巨大的荒谬环绕
你都会记得今天早晨
歌唱的鸟儿比你更早地醒来

这些不是意外，也不是巧合
只有那些无形之物和未知之事
才能为我们解释美和欢乐

你偏爱冷僻的词语

你已经感觉不到痛了
你也已经感觉不到冷了

你开始偏爱冷僻的词语
偏爱低产，偏爱均速

你偏爱气泡水
你偏爱旧书的气味
偏爱昏睡，而不是清醒

你偏爱用听不见的声音读一首诗
用铅笔在纸巾上写下难以辨认的字迹

就像无法复原的破碎梦境

你已经感觉不到痛了
你也已经感觉不到冷了

你偏爱的春天也有阵亡的花朵
它们延续了上一季的寒意

恶作剧

这是两个
老死不相往来的仇敌
他们的诗集
却在书架上成为邻居

就像把他们紧挨着
葬在一起

第三辑

在先锋大路上
狂奔的口语诗人

沈 浩 波 诗 选

四十七岁的自画像

二十四年前留的光头

终于在五年前

重新长出了头发

是我变得更温和了吗？

——根根直竖的头发

是固执残留的桀骜

我依然坐在

十三年前搬进的办公室

同一个位置

深陷的沙发

世界仿佛是我

肥大的鼻头

从未发生改变

就好像我的左颧骨

六年前曾被

摔成粉碎性骨折

后来慢慢长好了

皮肤光滑如故

看不出任何变化

而巨变早已发生
双眉之间
斧劈般的立纹
令我的脸
变得更加紧张
唯有用微笑缓解

你们再也看不到
二十年前
斗鸡般的青年
现在我是一个
保持微笑的中年人
尽可能怀抱善意

愤怒被压得更深
如同脂肪堆积在
衣物遮蔽的小腹
如同潜伏在肾脏的
尖锐结石

不知在什么时刻
就会令我疼得
直咬牙

贴着肉写

在诗歌里

并非不能抒情

关键是

怎样抒情

和抒怎样的情

谁都会说

要紧贴着

自己的内心

但先得知道

什么是心

心是一块

拳头大的肉

贴着心写

就是紧挨着

这块肉写

试着感受

这样的过程：

像把锯子

一下一下

拉着这块肉

两个人抽烟

夜深了我们

站在你家楼下抽烟

一开始是面对面抽
后来就变成
我的右手勾住你的脖子
你的右手勾住我的脖子
我们继续抽烟

伊 沙 诗 选

雨

把定音鼓敲成天际线远远地向你走来

家祭

父亲的第一个冥诞到了
往年的一桌饭
变成了炉中的三炷香
您在那边还好吧
家祭无忘告乃翁
我能拿什么告慰您呢
哦,《李白》已出版
留下这句诗的人
我也准备给他作本传

盲鱼

这是人类的命名
与它们无关

生来没有的
就不意味着缺少

它们像海神
掉落的鳞片

像油画上的色彩
纷纷剥落

它们是欢乐的
悲伤的是海底沉船的遗骸

侯 马 诗 选

夜镇

列车经停戈壁小站
人间唯见一盏白炽灯
夜空唯见一颗白炽星

每条长城都美

是因为可以从两侧端详
是因为每座山的曲线都美

故乡

夕阳西下
暮色四合
我感受到
自己的麻雀心在紧缩

徐 江 诗 选

反光

夏日的黄昏

不是黄昏

它是正午的另一面

在楼上眺望远处

我会看到某栋楼的尖顶

在远远地燃烧

白墙在反光

而灰墙半明半暗

像是快睡着了

不管是怎样的反射

怎样不同的尖顶

它或它

头顶的天空

那蓝色亮得薄极了

马上就要撑破

甚至已经撑破了

而那更高的所在

黑暗并没有驾临

仍是一派明亮

在明亮之上

请允许我继续幻想

自由在人间

无际悲伤的海滩上
继续一层又一层
向上飞翔
我看到的那些反光
不过是来自它
掀动的翅膀

唯——物与心

窗外淅沥沥下雨
此刻是凌晨，晴
我知道那不过是
空调排水的声音

当然也不一定
如果——
窗外并没有空调
那就有点儿惊悚了

当然也未必惊悚
那也许是泪水从
海洋上蒸发
再砸回大地的声音

那些被核污水
害了性命的
海洋动物的泪水

刘 川 诗 选

纸

一个中医
在纸上开了
一个祖传药方
专治话痨

另一个中医
在纸上开了
一个宫廷秘方
专治失语、结巴

我在纸上，只会写诗
但以上两种症状都有
我要用这两个药方治自己的病：
该沉默的地方沉默
该多说的地方多说

还有一个中医
她是我的外祖母
她不会写字
她不在纸上开方子
她只是告诉我
写过字的纸别扔，还有用

放旧、火煨

外敷可以治嘴巴上的毒疮

迷幻的路

云南蘑菇多且味道鲜美

报载

楚雄某女就因误食野生菌而致幻

看见一条无穷尽的长线

去医院她用双手扯了一路

"线"也未断

有时，迷宫

并不一定就是巨大的建筑

而可能

是一条试图引人前进的线

当你在幻觉中规划一条

通往未来的路线

你或许正在带领其他人迷失

祁　国　诗　选

大寒

让风对着眼睛吹
把眼球吹成铁球

仪式感让生活有了点小意思

我喜欢笔直地站着
笔直地坐着
喜欢一字一句地说话
点头总是点到90度
哪怕一次握手
我也总是用双手
缓慢而匀速地握上去
一点一点握紧
再一点一点松开
有时我忘了松开
再被对方一点一点扒开

像真的一样

我睁开了眼睛
回忆了一下自己
我确认了我
和昨天一样
又回到了世上

这是一个早晨
我推开门
看到了一棵树
我摘下树叶嚼了嚼
有苦涩的汁液

这时走来一位美女
我终于认出来了
她是我的老婆
她很爱我
我也很爱她

图 雅 诗 选

此刻

月亮正对着我

朝西的一边长好了圆弧

东边正在长

再长四天就圆了

到了这个时候

真的不用担心那缺少的

能否长出

反正我看到的是两片

甚至三片

重叠的月

就像安迪·沃霍尔

用三张宝丽来相片

叠加起来的自画像

是的，此刻

看见的就是那张脸

三张相同的脸

有虚有实

错乱叠压

我得默认这复杂的存在

黑　瞳　诗　选

动物园

梦见一只豹子

在月光下奔跑

银色的脊背起伏

灰黑色的天地间

像游走的剑脱了鞘

　"去看一看动物吧"我说

城市里没有动物

我们只得上动物园

看蜷缩在一个笼子里的老虎

它的灰黄色的皮毛

在阳光的照耀下

显现出微微的光亮

　"要是在森林里

它该有多美"我说

　"你确信吗"

你转过头来的时候

我看见一只虎

从你的黑色瞳孔里

跑出来了

游　连　斌　诗　选

改变

谈及名人

对一个地方的改变

我说

莫过于

鲁迅对绍兴

沈从文对湘西

你说

现在

一个网红就可以改变一个地方

元宵外

那个时候

每个春节都给父亲对账本

便也知道哪些人还欠着店铺的

有一年正月初七八

晚上父亲还念叨着邻村一个人

没还账也没来买年货

第二天我就在街头

看到那人在别的店铺

买东西

给的是现金

他见到我躲闪了一下

我连忙跑回家告诉父亲

他说

元宵外再说吧

大过年的

第四辑

深度意象的言说姿态

臧棣诗选

良夜

心潮漫卷，一个感叹
从坎坷的纠缠中脱口而出。
比我们更早成熟的那些果实
像极了夜晚的星星。

命运的黑暗被重重树影
分散在前方，野鸟和夜鸟
仿佛共有一个化身；
或者仅仅因为你，鸣啭比婉转更倾心。

良人难遇。但其实不如借水月
看清自己。换一个角度，黝黑的浅浪
已抹平了很多事情。能认出良夜，
也算没看错一个出发点。

稻草

风中的战栗。如果不借助
最后一根稻草，时间的面庞
凸起过多少命运的弧度，

几乎无法辨认。

风中的战栗也包括
伸长的过程中，激烈的抖动
并不仅限于你的手；
但愿内心的挣扎也阻止过一种塌陷。

黄昏的时候，你看到的
每一朵云，都是一杆膨胀的秤。
犹疑之际，心中的几样东西
已被轻轻称量过。

譬如，金黄的背影早已被飞鸟缩小成
无数的小麻点。论清晰的程度，
没有任何东西比得上最后的稻草；
一旦松开，鸟屎就会假冒运气。

姜 涛 诗 选

庭院中

一抬头，看见小山金灿灿

云朵透明，不是照妖的镜子好奇怪

院子却收拾得干净（所有院子一个样）

花木齐整，主客对话也简约

像是事先经过了排练，小孩子的邋遢

和他们的作文最醒目

错字不多，但都按了规定言情

在结尾写到受灾的四川

内室无人，只有满屋子电器嗡嗡工作

我们自顾自抽烟，装没看见

青草坡

牛羊站在山坡上，不听轻音乐

也不看我们暴露出来的东西

人可不这样，出城三个小时

就喊着要下车，他们的摄影器材

已胀得很难受。好在草原辽阔

人守规矩，自动分出了左右

还仔细收好各自垃圾

即便藏狗跑了来，他们也不慌张
能耐心听它汪汪地讲道理。
但一回到家，他们可就全变了
他们习惯吃完饭，就穿着旅游鞋睡觉；
或者彻夜不睡，和亲爱的人
一同丧失理性；为赢得异性尊重
他们还习惯为无聊的事业献身
在思考时，习惯露出大大的犬齿
他们的生活已无可救药
可还是习惯在卧室里铺上地毯
感觉自己是睡在草原上
以为睡着的时候，会有鹰低低飞过
衔走他们身上，那些已经死去的东西

樊　子　诗　选

膝盖位置

我躺下，不像起伏的山峦，这点我清楚
也不可能像一条枯枝
星光依旧在
那燃烧的枯枝发出哭泣的声响
在我膝盖的位置
就在星光暗淡的时刻

老船

是的，这艘船停泊太久了
我逃离它
我白色的额头被锈迹斑斑的铁锚擦出了蓝血
你们看清它脖子有个裂缝，开始哗哗进水了
它会成为流水的
你们理当提醒我一下

先睹为快

一片郁葱的山峦褪色的时候

也是冥王星开始焦虑的时辰

它拿玫瑰色引诱

它拿罂粟色迷惑

它拿一只狐狸的白色和三只苹果的红色

作为一封情书的内容

我不想先睹为快，冥王星啊

你那么的急切，不该第一个

听到我在破落的山坡上的叹息声！

桑 克 诗 选

航班上读唐人诗书

倾覆并非坏事，

孟君多虑了。我甚至添上一句，

这其实正是我们盼望的春风。

我们，包括杨君，包括晁君和胡君，

包括更多的人。而探花或者

檀印齿痕，也正是下一步需加勤勉之处。

否则这人生便不完整了。

我不至于低级趣味，但是添上点儿

又有何不可呢？犹如布拉格的托马斯。

他是叫托马斯吧？一个医生，

从漂流的筐中捡拾一段奇迹的记忆，

或者以此法等待覆巢正可以

祛除无聊之疾之蛋疼。

既然闯关已不可能，而且排队

恰恰截止在身前的一个人。我们

又怎好一味顺着他们而不在暗中另铸

机杼呢？其中一柄可以是制造口脂，

可以是写写毛笔字，或者探讨一点儿枕上的

艺术体操或者空中滑雪技巧。真的

说不出什么来，因为太缺乏实践了。

向韩偓学习，向生活。

王　桂　林　诗　选

泰根湖海鸥观察

生活在泰根湖里的海鸥是黑色的。
它有白色的喙和粉红色的蹼，
有其他水鸟所不具备的从容坦然。

泰根湖的湖水由阿尔卑斯山的积雪化成。
冬日的湖水里还有雪光闪耀。
既是夏天，这湖水也仍旧是冷的。

成群的海鸥散落在湖面上，像一块块
漂浮的石头。如果有一块突然消失了，
那肯定是它隐入了镜像的对面。

我看到近处的一只晃动了一下身躯，
扭头向下，一个猛子直抵湖底。
做到这一点，要冲破湖水多大的浮力？

海鸥从湖底抓取出带泥的水草，
再回到水面慢慢吞下。我的生活与写作，
是不是也和它一样？若要获得

闪亮的钻石，必须潜入时间深处，
奋力摆脱浮力还要摆脱词语的惯性？

漂浮是舒服的，但总是那样，海鸥会饿死！

正是周末，泰根湖畔游人如织，
喧喧嚷嚷。而海鸥并未因此感到受惊扰，
它饥饿时就不停地一次次深潜，闲暇时

就闭目享受湖上摇晃的时光，或者定睛遥望
阿尔卑斯山顶耀眼的积雪。我向它身边
扔了一块石头，它也没有惊飞，只是移动了半米。

水蛭练习

梦见水蛭，那柔软的灰绿色。
圆柱体上的环纹，夺命的前后吸盘。
它的盲囊，状如，实际也是：粮仓。
不像人类的盲肠，一无用处。
如果不写作，梦见的意义是什么？
梦见，然后忘掉？或者醒来后迟疑地
检视一遍自己的肌肤？而现在
水蛭来到诗里——一个陌生而惶恐的词！

赵 晓 梦 诗 选

观云

松针是认真的，枫叶是认真的
湖水是认真的，闲云是认真的
水里的鱼和藻是认真的
就连偶然闯入的风都是认真的
彼此屏住呼吸，辨认对方的
模样。属于深秋该有的模样

认真的石头截住了时间的来路
和去路。森林环顾森林
万物都在湖面静默如初
白云和蜗牛爬得悄无声息
红嘴蓝鹊转动聪明的眼睛
盯着水中同样清晰的面庞
就是叫不出自己的名字

铁树

夜雨不会照顾那些跑步的人
也不会照顾群山未知的疾病
有这样一棵树

铁定活在光的背影。在看似
很近的路旁，迎接刻骨铭心的
苍茫

成长与死亡的琴弦
从不会在交叉的小径流淌
偶然闯入街道的桂花
不过是季节散发的忧伤气息
通过改变影子来改变青春
在你准备醒来的床单下呼吸

不必理会波涛把生命放在沙滩上
汹涌的墙壁埋藏着童年的呻吟
折叠的问题堆满铁树的嘴唇
嫁给路灯和嫁给星辰，都不如
把梦境的胸膛悬挂出来。保守估计
风只忠诚于没有面孔的手势

是的，一棵树可以复制另一棵树
也可以重复一模一样的黎明与黄昏
但是飞鸟不会替屋顶抵抗
落叶的喘息，就像我们在谈论
一杯咖啡珍爱的自由、一滴水
折射的爱抚和沉重的光芒

吴 少 东 诗 选

槐树本纪

暮春时父亲下到门前的小河里
在齐腰深水中摸索
拴上麻绳，他要将
沉泡大半年的槐树起上来
用铁锹铲去湿黑的皮
再曝晒一夏

在给槐树拴上麻绳时
父亲与槐树一起沉在河底
他直起身，将绳头
准确甩给我，光身上岸
我们共同将其拽了上来
父亲与槐树都是湿漉漉的

秋风刚起时
在祖居屋砌有花台的院中
他与邻居的木匠用一把大锯
将槐树剚成一片片木板
打成了两样物件
粉碎的气味撞击着花香

一是我们吃饭的方桌
一是祖母满意的棺椁

太息

母亲最后的几年时光
就住在我的书房里
床头床尾都是
整面的书橱
那些立着的书籍
紧挨着，像她的子孙
母亲像本枯黄的线装书
在小床上早睡早起

她翻身时每次都会
唉地长叹一声
我问怎么了，她说没事
看书别累着，早点睡吧
就像翻过上页时
我默念带入下页的
最后几个字
气息顿时顺畅起来

母亲去世后
那张小床我没有撤去
读书、写作晚了
常常躺上去过夜
像一本折页众多，或
脱胶的简装书，摊散
在深夜里，有时翻身
我也会唉地长叹一声

方 文 竹 诗 选

积雪

时间的圆形回到了线形
三只黑色的狐狸来到人间
蝙蝠迷路了
城市成为冰雕，扒了后现代的皮

只因世界的此刻，清一色的白
白的焚烧，白的灰烬
简洁，单纯，明了
好像上帝也无所遁形

世界统一了画面
我忘记了汉语
和它灵活旋舞的足
面对南窗，两位深夜交谈者
在世界的背面，经历一个壮举

一座高山成为儿童眼里的恐龙蛋
被年轻的父亲扔下去

世界只不过是一座暂时的旅馆
我到哪里去寻找神的遗物呢

时间的圆形中有我温暖的房间

一个介词煮熟了

一个介词煮熟了
我却吞咽不下
那些事物又在和稀泥
或互不相干
出尽漏洞百出的洋相

反过来
我把世界煮熟了
一片虚无之后
介词开始兴风作浪
另造了一个世界

太 阿 诗 选

某日当我在广场散步

　　——仿奥登

岁月不会兔子般逃走，当你漫步广场，
人世最初的爱如新年的花束，
不会有钟声提醒你，古老的陷阱——
下沉式空间挤满人世的各种欲望，层层叠叠。

当资本意外的死亡事件与你关联，
你才发现圈套从一开始就盯上你光猪般的脖子，
并养大你的胃口，投入血汗钱以求膘肥体壮，
然后选择你信心满满归栏的那一天刺上一刀。

"在噩梦的洞穴正义全然赤身裸体"，
你的辗转并非因为黑夜，而是因为明天的复利。
"苦于头痛和焦虑，生命似乎渐趋黯淡"，
眼前满树宫粉紫荆，诱发又一个春天的绝望。

所有的讨论、对策都是空气，呼吸着难受，
不呼吸就会窒息。你能做的是变成一只刺猬，
躲在广场明暗的一角，缩食，舔血，
满身的箭无法自拔，等它们慢慢变成坚硬的毛。

骇人的雪落满额头，你听着广场上的电吉他，
回忆酒店里的弦歌曼舞，冰川震响。
没有乞丐的时代你如何参加抽奖得笔巨款。
你宁愿曾经挥霍，如河漳滚滚奔涌向前。

哦，看哪，看看如镜的幕墙，你的影子倾斜，
如波浪的栏杆，你的热情曾经依靠。
生活还会有幸运吗？无法祈求，只有绕圈，
然后径直离开，但在黑暗城市的中心……

"天色已晚"，咖啡馆的空杯记不住刚离去的嘴，
滚烫又无言。你在门口逗留一支烟的工夫，
恍如半生。你从坑中爬出，努力去忘记，
必须谢拒茶杯，避免裂缝开启的航线。

姚　辉　诗　选

红鱼

红鱼会多出一种
黎明　至少多出一种

它把星空凿于
闪烁的鳞片后侧
它在张望　直到你的
身影从泥泞中
缓缓溢出

谶语般的波澜
被适时纳入圆形
玻璃框内　你给了波澜
三重以上的自由
让它能覆盖鱼的梦境
或者遗忘

但红鱼不会遗忘
这旌旗般坚定的鱼会
绕开部分时间
成为　你一小截
鲜艳的骨头

它拨开浪的积垢

从玻璃的饥渴中掘出

逐渐苍翠之风

它将自己固定在波澜

顶端　像一团

历经艰辛的旭日

它　在继续创制下一种

古老的黎明

黎明记

黎明是一种偏好

粥状偏好

还能向晨光借阅什么？

尘世不值得憎恨

或许也不值得掏肺去爱

但你必须爱也必须

学会认真憎恨

谈论雾与成为雾到底

哪一种更为艰难？

你必须代表

某些偏好活着　而你是

偏向于风与云朵的

你有被风云驱使的命运

——变质的粥

锅与碗细分出山河之痛
一个打补丁的碗
倚在博物的光影中
当锅甩开一己的灰暗
它　还将进入谁
默认的遗忘？

旭日在霉变前
减弱了自己的光芒

雾仍在犹豫　　它
必须努力战胜你维系
多年的偏好——

许 承 诗 选

弱音犹如空谷

灯光如磷，房内有人咳嗽。他们宛若时钟
轻轻摇摆。甚至要在高茂泉村
重新谈起父辈们过往的低语
此刻，火车在遥远的山间轰鸣，而不远处
田野泛出粮食淡淡的清香。很多话
无法诉说，甚至会像风筝般浮向远方
后来雾霭升起，土塬泛出沁凉
有人举起虚构的火把，火苗平静，倒影温热
有人趁黄昏，扶着墙，对远景发呆
眼前，门半掩着，眼前，高茂泉村突然消失
他们从小径走来，把身后的路，走成空谷
而空谷里，泉音茂盛
似鸡鸣，似大片大片的粟米，微微震荡

李 壮 诗 选

我里面的雨

我结出那么多的果子
不知该分给林中的哪些动物
我有那么多的爱
不知该放去世界的哪些部分。
我节疤一样的果实常常掉落
在枝头留下些真正的节疤。掉落以后
果实在无人知晓的地方停止滚动
就被忘掉。就腐败成酒。这多好。
有时，毫无因由地，心里的潮水
也会忽然上涨。它溢出来
漫过相干的事物
也漫过那毫不相干的
仿佛要像夜雨一样，下给人类
也下给人。我里面常常下雨但我的伞
还迟迟未得发明。我的哀伤很大
亦很小。那么真实
亦那么虚妄。怪异如许就仿佛
我在巨人的身体外披着无产者的旧外套
而逃难的人群中裹挟着四轮马车
车上有一人向我挥手。我认不出是谁
但我收下了。我以这哀伤握雷光写出雨体
却从来都不作雨本身解。

垂泪于我是一种先祖之技

犹如掷出长矛命中狮子之心

我曾经会过的但我忘了。我内部的升腾

因而不可形容。它永远无法落下故此

并不是雨。但它依然令我结出这么多的果子

它所给予的，是一种风干剔透的湿润

那化石里的火、盐晶里的河

是一棵树因破损而得赐的松脂

肋骨下冷凝的玄武岩

第五辑

形式变构与人性聚焦

李 建 春 诗 选

夜行湖畔图

我每晚散步经过的汤逊湖的一角
那阴暗、无情的波动，在这时节
又散发一股寒意。夜宿的鸟莫名的嘎声，
在欲雪的细雨淅沥中，悚然结冰。
对岸桥有多少盏灯，把时光
荒废的节点虚铺在湖面，越是靠近我，
越淡。就这样失去了感伤的情绪。
我已走上这条起点与终点合一的路，
路两旁落尽的银杏的风华，
为雪景图准备好了虬曲的枝条。
依咫尺千里之趣，我比近处的苔点
大一点；但在顾恺之的《洛神赋图》，
一幅画水和爱情的画中，
我走到哪里，哪里的树就比我高，
当我走过之后，那些树
又小了，回到梳子一样的小山上。

爬朝霞的人

朝霞虽好，那爬朝霞的人

却很痛苦。他每一分钟都分解
成光，因此地上的风景
是他的内脏。用剖开的牛肉
表现站在肉案前的女孩，
她瞪大的眼睛从浮动的阴影
浮出。坚定、悲剧的生命，
在与自然的关系中无邪。
市场上的声音和屠宰者，
汇成神秘、欢乐的喧哗。
像地下车库的车灯，目测角度、
后退，每次回到黑暗中的巢
都像是闯入。朝霞像一个过程，
而不是朝霞本身。只有不到
一小时的机会爬进朝霞里。
之前，是黑暗；之后，是湛蓝。

谷 禾 诗 选

春风起

万物轰鸣，向上生枝开花，
愈来愈接近东郊殡仪馆入云的烟囱。

那不绝的烟缕，为什么没有
因风吹改变了形状？
潦草的麻雀们，在烟缕里沉浮，
像一群丧乱的孩子，在反复穿越父亲的胸口。

八月

雨的鼓槌纷飞，玻璃碎成
一地珠玉，悲恸地滑落，
像一个疲惫的人，渐渐耗尽了力气。

这是云集了全世界的怨怒吗？
带着任性、悲欣、不甘、挣扎、沉沦，
砸向屋子里凝视的眼睛……

从前的旧时光里，更多的雨
也是这样子，落向一个人梦里梦外。

在今夜，你一人独坐于烛光深处，

看窗玻璃上波浪汹涌，

雨中的人形，一点点游向岁月尽头。

在两场雨之间，是老者在等着少年；

在两滴雨之间，一道闪电把皮肤揭开。

……这雨哦，继续砸向泥土的黑暗，

你坐在雨外，听雨打山河，无始，又无终。

沉　河　诗　选

竹篮打水

多少年来，晚霞美如红尘时
我拿着师父珍惜的小竹篮打水
浇给河边孤单的小苹果树
树是师父栽种的，竹篮是
一位女施主留下的
多少年来，平静的河水
看着我光滑的下巴长满了胡须
然后一阵涟漪，也有了苍老的面容
我遵循师父的教导用竹篮打水
每天体会一次什么是空
苹果树也从一粒种子长大
今年春天开了第一次花，可师父
已沧桑如泥。他最后的叮嘱是
用竹篮打点水来，他要洗洗身子

最后一次，我用竹篮打水
看着这闪耀光亮的竹器，突然
发现了它的干净：每一次打水
它只是清洗了一次自身
我提着空而干净的竹篮
到含笑远去的师父前
深深地深深地鞠了一躬

桃花灿烂

我从没有去看过桃花
寺院的后山上种满了桃树
每年春天，桃花灿烂
师父便让人封了上山的门
不许我们去看一眼。我们的春天
看着寺院前小池边的柳树发呆
看它们从黄绿到青绿，枝叶
拂到了水面，夏天便来了
山上的桃子也成熟了

我从没有吃过自己摘下的桃子
师父定下了规矩：我们只能
互相摘桃子给对方吃，或者
他亲自摘了一筐桃子给我们吃
师父也从不吃自己摘的桃子
他把这称为"破我执"

谭克修诗选

雾访小东江

困意止于一只小手
调动了凌晨六点的情绪
指挥我从摆渡车
勇敢跳入汹涌的人群

一只小船出现在山谷
一个披蓑衣戴斗笠的老者
站在船头
把一张网抛成圆形

但棉花糖填满了山谷
看不清他的收获
从他站立的小船推测
不是悬在空中

必然知道虚幻的岸边
嗡嗡嗡的脑袋
在找一种叫诗意的食物
不是噬雾的昆虫

这个庄严的早晨，十万陌生人
相约在小东江栈道
看一个古人
反复把网撒开，驱散浓雾

宋逖诗选

真美照相馆，答扬河山

西十二道街照相机的鸟飞起來了
那是1934年，在远东之夜滑冰的姑娘们，光的害羞的留言
直到今天，黎明的快门还在继续修改。

晚春

白梨花像悲伤被记起的样子
我们曾来到此
我们从不曾来到此
"春天把我们抛入洪流。春天从未想起我们曾这样离去。"
当我重新记起你的名字时
悲伤让我写不完这首诗

西 渡 诗 选

七夕与故友在山中眺望星空

我们年轻时候一起眺望过
的银河依然横贯头顶。
而搁浅的情人，谁也没有
渡过波光闪烁的河流。

当初谈论的话题
你我都不便重提，
就像被露水浸湿的
旧时妆，已收进箱底。

还记得那夜的星光
在你年轻的皮肤上跃动
像撑杆越过年龄的少女；
现在像一根针
掉进了山中阴暗的沟壑
听不见任何响声。

乡村生活馆

仿佛过去的和现在的
生活，都在这里汇集
粪筐、风柜、锄头
和摇摇欲坠的桌椅
在遗忘中，被重新召唤
坚定不移地，又来到我们中间

它曾经痛哭，在自己
伤痕累累的苦难中
如今，它从垃圾堆里
被挑选出来，重新
加入了新的合唱
那黯淡的记忆逐渐消失
它的存在，增添了时代的强音

张 作 梗 诗 选

回忆录

我们的过往像被开采过的矿山
没什么可以拿来制作火柴棍或小喇叭
唯一的记忆是一朵南瓜花
但很快就在沙砾上
结出了南瓜，像遗忘

来自平原摇曳的油灯，我们身世昏暗
儿童们在塑料大棚上画反季节之画
脑袋里，石头像水一样溢出

——过往造就偏见，恰如未知
我们奉集体为同道，交出地下室一样的
钥匙串。尔后在身体周边
栽上竹篱和恐龙化石

我们不拿河流清理纸的四边形
而是用旋涡缝制一个箱子
去藏匿捉迷藏的过往
松子仁是苦的，但为了留下一个新的
出口，松果必须切开
自身，像剖腹

我们像证据的活化石
远离过往，依然训育出影子一样不能
被抹去的遗迹。未来是什么味道？
活着的人等在树下
但没听见叼肉的乌鸦唱歌。

身体之歌

我从不曾抛别身体，独自去往他处
我抱着它，像抱着一件骨血合奏的乐器
我连接它，就像它是一个充电器
通过它，我得以厘清并找到我的感官
它越飘忽，我的思维越活跃

一部仍在创造的传奇，我不过是个记录者
它在东边，就是东方的传奇
在落日高悬的西方，就是影子的传奇
有时，它又像一卷闲寂的经书
轻轻翻动窗前的月光
我就变成一座空寺

我不曾抛弃身体，独自去冶游或探险
感觉的丛林中，湿雾弥漫
分不清光是它，还是影是我
当我欢悦或哭泣，它就止不住颤抖
而当我疲累地睡去
它就在我的呼吸里均匀地起伏

它不是鸟，也不是鸟巢

严格地说，也不是树

它只是时间之手采摘的一束花——充当着

我活着的介质。它的枝条上

神秘之风吹着，带来了花瓣的绽放和

凋萎。四季之水流过我

多么神奇，我吐纳着晨昏

竟成为湿重花影里逸出的一缕缕花香……

然而，正是从这似有若无的花香里

你们或许会看见我的灵魂

谢 君 诗 选

我的祖母为我套上衣服

手臂摇摆着，直到鼻孔浮出毛衣。
然后是棉袄，外套。晨光里
我的祖母为我穿衣，按着扣子
从下往上。她说，如果在学校
不守规矩，把我送给捕蛇人。
她问，长大干什么。我说不长大。
房门打开了，随之是轻吼的
声音——快点，要迟到了。
我在树下行走，这棵和那棵
都是梧桐树。我在树下长高
这一天和那一天，掠过
山区的飞机都是我的朋友。
我离去了，在雨中。我总在
雨中远行，在船上，火车上
背着旅行包——路上小心——
一个声音反复在耳旁灌输。
我迷失在城市，到处大理石
贴面的房子。我抓着方向盘
按着喇叭，唯恐上班迟到
已经那么晚了，不可以迟到。
那一天我扣着衣服，从下往上
嗒的一声，一颗纽扣掉落滚动。

当我返回，拖着旅行箱，
村庄还是离开时的样子
书柜里还可以找到一支笔
夹在多年前尚未读完的书中。
现在，我在为她套上衣服
——是的，葬礼很突然。那是我
最长的一天，为了寻找我祖母的衣服。

杭州

一个人在杭州生活就像
在波浪上种一棵树。
就像波浪对树说
你是我的理想。
一个人在地铁上查阅
手机钱包，但从神情看
是钱包在查阅我。
大街上已经没有
什么可以让人读到秋天了。
路灯亮起，一个人
停在一支乌黑的灯柱下
等待自己忘掉杭州，然后回家。

唐 不 遇 诗 选

大地

大地用秘密的声音告诉你：
逃离墓穴的唯一方法
就是化作一株无名的植物，
穿过腐朽的名字，向上生长。

而大地是一个强壮的灵魂
同时在你躺卧的地方扎下根，
用力攥紧蓬松的泥土，
让你的死亡变得坚固无比。

它的指甲长进了你的手指。
它的眼睛占据了你的眼眶。
你听见一股泉水的声音
环绕着你好像不朽的星空——

而大地也是一朵花，你可以
透过它观望虚幻的梦境。
你的手可以握住另一只手
轻轻旋转着花冠，好像万花筒。

墓志铭

你的倒影里游动着一条鱼。

野花

我们三人坐在那里
坐了很久。我们四下望
是无尽的青山。
我们向上看，是孤单的天空。
我们往下瞧
是躺着做梦的人。
一只鸟在坟前轻轻啄着
似乎在叩拜，
又突然飞起——
仿佛惊魂未定的记忆。
夕阳像鼓圆了身子的蟋蟀
蹦进草丛。
我轻轻踩着一行荒芜的诗
来到墓碑前。
你们在背后喊我。
两个幽暗的词。
一个被刻得如此之深的
名字，这个名字正被呼喊。

蒙 晦 诗 选

晚一小时

当这城市里墙上的钟和手上的表
集体向着九点
一跃——某座大厦里的人因此跌入了
透明的河中，某间工厂里的人因此
跌入看不见的河中——

无声无息也无波纹。
他们不是排着队跌进去的，
而是同时，他们同时消失在
钟面般的圆圈和圆心里，
像冰块融入水，
你找不到任何人。

我向单位临时请了假，将晚一小时。

金色泳池

在变为一块琥珀的瞬间，
我目睹阳光膨胀的金色泳池里
泳者们缓慢地凝固为蝴蝶

——这个瞬间囊括了

正在别处发生的全部瞬间：当

亚马孙河口的激流不息地涌进大西洋，

当横断山脉上的某处，

一棵未被人类发现的植物挺立

在绿色的暗影之间摆动，

当男人们欢笑，女人们流泪，

某个陌生人在无名的奇异小镇里

点了寂寞的咖啡一杯

——这是全部的瞬间。

阿 斐 诗 选

晚安

欢聚就是离散
微笑就是哭喊
爱就是不爱
恨其实也不是恨
这没什么好商量的
晚安

鸣叫的虫儿就是我
银杏树下的影子就是你
月亮是个老人家
黑夜里的春天其实是冬天
这没什么好解释的
晚安

走吧
拥抱就不必了
生离终究不是死别
你我的眼泪
也并不是钻石
晚安

赵　俊　诗　选

上八府

在浙东唐诗之路上，
星群因韵脚而发生偏转了吗？
风物志眩晕，
对准着被遗弃的言说。

在祖父的叙述中，
它完成童年的第一次登陆。
他在藤椅上看《三言二拍》，
对我说出那古怪的地名。

如果知识未曾将我淹没，
它永远停留在线性叙事中。
它并非浮标，
让我可以丈量见解的深浅。

它停留在明清的分割线。
用钱塘江作为标尺，
让每个下三府的人成为逆鱼，
在迁徙中完成重生。

吴语的各个区块链，
在咽喉的长廊尽情展览。

彼此都是菌丝，
向对方喷洒形而上的孢子。

从平原摆渡到层峦，
褶皱着加大江南的离心力。
在虚无中，它完成了泼墨：
杭嘉湖工笔，那里写意。

郭 建 强 诗 选

蓝莲记

你伸出左手，一朵缠牵的蓝莲花斟满晨光醇酒
冰河解冻，雪峰点燃云雾，五色琉璃塔静寂
你的右手举起，胳臂半是筋骨半是古藤
另一朵蓝莲花正在熄灭，像一件僧衣滑落躯体
草原在雨雪中返青，牛羊低头啃食，抬头看云

你缠绕自己的蓝莲花，你的脸，一瓣瓣丝绒
新雨清洗过所有皮肤，褶皱里的火焰吐出蜜核
火焰微微喘息，紧紧包裹舍利子的花蕾
急剧张合，木碗摇醒酥油茶，重述秘密

源头记

骑虎的圣者
来自莲花山瓣
来自昏暗时段的如意宝珠

骑虎的圣者
未行已至，威严的慈悲
在柏香中绽放

骑虎的圣者
在打坐禅修之人的梦里穿行
睁开眼睛，谁看见猛虎悠闲地漫步

骑虎的圣者
就是夏琼山崖前环绕的碧水
源头、中流、入海口，波光闪烁

骑虎的圣者
在一粒佛珠中沉思、说法、注视
万物苏醒，意念捻动

曹 有 云 诗 选

落幕

一觉醒来

黑暗涌起

那些每天午后

在阳台书架上准时

跳荡而至的光

已经不见了踪影

那是公元2022年

最后一缕光阴

但我已经全然失去了他们

甚至整个漫长而磅礴的年岁

就像在十多年前

一场骤雨中的一个清晨

失去母亲那样

是突如其来的永别

为此，我无限惋惜

无限懊悔，自责

但一切都为时已晚

无可挽回

一年就这样在眼前

在纷乱的梦中惶然落幕

两条鱼

僵卧岁杪尽头
回忆潮涌而至
整整365集人间悲喜剧
终于压垮最后一根稻草

一缕午后的光
2022年最后一缕光
鱼儿一样游荡过来
抚摸着我稀疏的头发
我冒着火星的额头

好比两条危在旦夕的鱼儿
相濡以沫
彼此安慰，拯救

陈 劲 松 诗 选

塔尔寺里的菩提树

一枝一叶

皆有法相

安静时，每一片树叶

都在侧耳倾听

寺内的法号

微风过处

枝叶的微响，是它们

小声的诵经声

雕佛像的老石匠

白发的老石匠

在石头上雕出被世俗的风

吹拂的衣袂与璎珞

雕出柔软的双足

与拈花的手指

在柔和的面孔上，老石匠

动作更加轻柔

先雕出那抹永恒的微笑

再雕出悲悯的目光
最后，他一点点
让干净的莲花从石头里开放

瘦小的老石匠
把佛从石头里请出来
哦，坚硬的石头也有一颗
柔软的慈悲之心

吴洋忠诗选

一场梦里的对话

你如此幸运

你的梦想已经实现

不，没有

一个已经彻底丧失

另一个刚进行过半

你有梦想

不，你也有梦想

你正在帮助我

实现这一场

梦里的对话

材料

材料枯竭之后

地球丧失了

裂变的动力和元素

世界即将毁灭

人类束手无策

静待消亡

对人类的想象力

和创造力的枯竭

上帝非常愤怒

人体就是最好的材料

他往失落园里扔进一条蛇

地球重新运转起来

艾 若 诗 选

新编六尺巷

这个春节
发生了一件让我意想不到的事
正月初十上午
堂弟与弟为老家滴水之界起了争执
堂弟认为我家墙根以外土地都是他家的
我家院子里的雨水不能从此处流出
院墙排水管道如果出水他就堵上

弟笑曰
千里家书只为墙
让他三尺又何妨

堂弟说
你不要讲那屁话

我一声没吭
年迈拄杖的父亲说　算了

兄弟阋于墙

六尺巷只是桐城旧事
曾经的邻里关系美谈
现在农村却已不再

第六辑

诗歌虚拟世界

与现场平行的

江　非　诗　选

我看着你

我看着你

我的背后是红色的屋顶

和灰色的谷仓

更远处是山

覆盖着去年的积雪

和由山谷中涌出的河流

和密密麻麻静止的杉树林

我的帽子有些倾斜

犹如我倾斜的肩

犹如磨坊旁那棵橡树伸出的树冠

附近是两个弯腰的妇女

她们肯定不是我的妻女

她们在捡着什么

信任脚下的土地

还有一群白鹅

还有一辆装满了麻包的马车

和喝醉的车夫

我手中紧握的草杈

我脚上开裂的靴子

我的手与刚刚停歇的

劳作

我有些苍老或者

茫然

我在一幅画上

我不知道是谁画了我

他如何为我涂上

一笔一笔坚硬的油彩

让我保存了这样的人生

和时日

我有些陈旧

我有些孤独

仿佛我一生

都要向前方的那个马圈走去

想靠一靠那儿

那些伫立的栅篱

我是想去哪儿

我哪儿也不想去，不能去

我在

如果有陌生人来看我，我会说我在

他第一次来

我会给他指指路

我会告诉他，你再往前走走就到了

也就一个小时不到的路程

下了公路，穿过那条山谷

沿着一条小路一直走

你就可以看见我斑驳的果园

我就在那儿

树篱是密密麻麻的花椒树

房顶是红色的

和我紧挨着的是一排大叶杨

我的厨房没有高高的烟囱

在冒烟

也没有白色的墙

我没有狗

果园没有门

你走近了

就可以看见我正在树下干着我的活

我不会躲避任何人

也不会藏起来

自称果园里的隐逸派

我在我果园的任何一处

可以和任何人交流，并请他

尝尝我的桃子

今年的夏天下过几场冷雨

桃子上都是斑点

但吃起来味道还可以

我可以请他多停留一会儿

虽然我对天气和我自己都有些抱怨

我还是在果园的一角开垦出了一小片洋葱地

我想请他看看我今年的蜂箱

我用苹果木做了它们

果园里的苹果树

今年的长势也不是很好

但枝条依然可以弹起来

用手摸摸，就像摸一把小提琴的弓弦

桶里的葡萄酒已经没了

也没有做好的苹果酱

他来寻觅事物的重力和原来的样子

他走时，我愿意送他一根这样的枝条

叙 灵 诗 选

野鸭在月光下盘旋

去年夏天

蟋蟀草遮蔽了

通往河岸边

一片荒野

以及这条路

好几次

大概是黄昏之后

有好几只野鸭

在月光下盘旋

踩过齐膝的草丛

几只青蛙

跃入水中

所形成的寂静

让来自芦苇丛间各种

鸟鸣

好像是从河的底部

升起

刘　春　诗　选

我的一生都在妥协

是的，我的一生都在妥协
从少年时代打下第一只麻雀开始
我向灵魂的恶妥协
从青年时代轻狂放浪开始
我向无知妥协
从中年的消极逃避开始
走向理想的背面……
我的生活如此失败
似乎从未遭遇幸福的战栗

可是，我分明记得自己
曾向一朵花妥协过
为了拥抱春天
向一片云妥协过
为了长出翅膀
向孤独妥协过
为了爱的垂青
唉，这一生妥协得实在太多了
又妥协得远远不够

就这样
在举棋不定的茫然与期盼中
一个人和自己拉锯
耗尽青春

王 山 诗 选

母亲的名字如星辰闪亮

我的母亲崔瑞芳

把我抱在了她名字的中央

对于所有的儿女

母亲的名字永远是

最后的依靠

没有计算的爱

不可替代的温暖慈祥

多年以后

家里的户口本上

没有了母亲的名字

夏日的夜晚

天下的母亲

那些随风而去的名字

如

星辰闪亮

罗 振 亚 诗 选

秋之滋味

时令一道手谕
八百亩焦虑由青变黄
稻子们说熟就熟了

无聊的老父亲
端详着墙上赋闲的镰刀
少了磨刀石的锋利
日子像一堆凌乱的草
锈迹斑斑的阳光懒得抬头
土地上不生长笑声和汗水
再饱满的秋天也是跛足的

收割机尽管蹑手蹑脚
可那一身钢铁的肌肉
还是让村庄打了一个寒噤

他挥鞭赶着夕阳
秋天说来就乘着鸟鸣和稻香来了
那片红高粱像别在黑土衣襟上的胸花
被车载回李向阳屯站成一座小山

炊烟一如黄牛疲倦的脚步

车上的父亲独自享受着田野的缓慢
不时挥鞭把夕阳驱赶

到讷谟尔了黄牛总要饮一会儿水
夕阳也趁机在河里洗个澡
钻出水面的少年转瞬进入中年

四十年前父亲那声吆喝
仿佛还在黄昏扩散
虽然黄牛老得只能卧在字面

梁 尔 源 诗 选

给妈妈喂饭

妈妈手中的筷子

夹不稳日子了

那干扁的双唇里

苦涩掏空了白玉般的时光

给妈妈喂一口烂巴饭

马上就有一小口甘甜的乳汁

从幼时的胃中返回味蕾

妈妈的饭量越来越小

她的胃中堆积了

太多消化不了的岁月

那些勒紧裤带的年代

她将地瓜和粗糠

酿成洁白的乳汁

一口一口地堵着嗷嗷的嘴

现在，再好再甜的反哺

也无法填满母爱的深渊

那天，不小心将饭粒掉在餐布上

妈妈立刻低着老花眼

用颤抖的手

满桌子抓取那饭粒

那急迫的心情

就像在寻找

儿时走失的我

周 占 林 诗 选

秋染土寨

雨加风漫过山顶
那个曾是我少年乐园的土寨
也苍老得快要看不到身影
仅剩的一段寨墙上
几棵山枣树
悬挂着几粒大自在的红酸枣

我隐隐听到母亲在西方极乐世界
给我讲述鬼打寨的故事
跳出石头的童年
一下子变得鲜活起来

大龙山，在雨声中
捡拾起我撵着羊群抢羊屎蛋的影子
一丛丛羊角叶
用那柔软的枝条
缝补布满伤疤的童年

罗 广 才 诗 选

凌霄花

我一眼就认出透明的
我们。一眼就看出攀缘中的
最终埋藏地下凝结成无机质的
自己
我也是以气生根在攀爬
你在花的城市生根，我在树的街镇落叶
大半生都在收集流浪的雨、远道而来的泪
和大难不死的童年
你每次的中年和我此刻的天命
都错过了很多场雨

雨一场也没少，径直地下，只是
我总在室内面壁。这一坐
只知烟火而不识人间
而你，一直是阳光的姐妹，雨的发小
神族的血统。被折断过那么多的
硬枝和生枝，骨子里那薄薄的翅膀
还在

肖　歌　诗　选

中秋夜

月亮睁圆眼睛
在寻找自己的母亲

海边的孩子告诉她
你是从大海生出来的
大海是你的母亲

山里的孩子告诉她
你是从东山冉冉升起的
大山是你的母亲

其实，都不对
黑夜才是月亮的母亲
越深的黑夜
才能生出越大的光明

罗 铖 诗 选

初雪夜读《道德经》

读《道德经》

满山的落叶归于沉浸

如我倨傲的自尊

初雪夜，树木清瘦

意志的海拔上，我用黑暗

反复掩盖星辰的冷凉

星辰矇昧，读《道德经》

让它们虚有光芒

治愈我的积郁

再返回各自的肉身

——那屈从浩瀚的骨头

我再一次从明朗中走来

群山替我说话，雪的反光

温润地照耀着世界

梁 鸿 鹰 诗 选

一次搭救

向青草伸以援手
看到太阳眼睛里的诺言
愿在废墟上建设一个夜晚
新添不再多情的斜塔
执意让忘川清醒

拒绝折断蜡烛的视线
不愿让小夜曲为爱情枯黄
那白色项链
在情感芬芳之时迷失，路标使碎语闪烁
终将爱恨收割一空

当夜幕获准入侵
火种已深藏于大地，夜景
使我深信灵魂能与明月较量
搭救一队闲散的蚂蚁
用力解脱梦里疾走的传闻

周 艺 文 诗 选

鸟

——一个画家的感受

很久以前　我把你关起来
悬挂在我的画夹前
有时　我让你翱翔在万紫千红的春天
享受阳光的温暖
有时　我让你栖身在寒冷的树丫上
享受世上的凄凉
当我把你一生的喜怒哀乐画完之后
我就把你放了出来

可你却只扇了扇翅膀　如一只小鸟
呆立在我的手掌上
你已经忘记飞行了　如
我宣纸上的鸟
永远也不能飞出我的画面

那些飞翔的翅膀
都是死的

马

——一个画家的感受

你那如铁的蹄
落在我的胸口上
自秦的一声啸哮
那声音有如一把利刃
在割我握笔的手
马
死在我的宣纸上

我对面的阳台上
有人用你的头和尾
做了一把琴
琴声有如哭泣
一个灵魂在他的曲中游荡

我画中的马
那些腾飞在云雾中的马
腿的功能
在历史中慢慢退化

慕　白　诗　选

白云山庄

就这样全身袒露

山依恋着水，水环抱着山

保留自然的姿势，踮起你纤细的双足

依偎在我的怀里，如蝴蝶的翅膀

窗外，山路十八弯，水流九曲连环

水还是白色的，山依然是青色的

野草绿着绿着就黄了，山花开过也就谢了

树换了多套服装，蜜蜂与云雀早相忘于江湖

把生命交给大自然，落英果腹，沧桑为饮

百转千回后，山不改执着，水依然纯真

天黑了，星星三三两两出门散步

冒失的夏蝉在密林深处，倏地长啸

你玫瑰色的樱唇，轻轻动了一下

狡黠的红润迅速逃逸，又佯装睡去

杜 立 明 诗 选

飞机上

同地面分开，甚至
把影子也连根拔起
这是一次腾空，把树木、河流
交还给大地
只与云朵产生关系
佯装忘记地球，忘记昨天的烦琐
用新生的翼，把思想磨薄一些
我便更加真实
就像进入了另一个空间
偶尔，离这个世界远一点

失眠

根本没有蚊子
也没有诸如月亮之类的干扰
我躺在床上翻来覆去
好多文字漫无目的
走出我的脑海
在敏感的神经上舞蹈
或者在黑暗中

筑巢，我害怕夜晚
害怕文字通过小规模的
撕咬，让我疼到清醒
对周围的黑保持警惕

今夜，我害怕想很多事情
很多事情就长了
兴奋的翅膀

中　海　诗　选

蚕豆

五月的面相很厚，在儿时蜂蜡的
游戏中，瓦片难以导热而气馁
厚的真相是荒草被五月吞咽
瓦解火焰的青涩在燃烧中瓦解
这个可以食用的游戏，它非常耗时
他们埋伏的姿势足以建造一座塔

多层构造的塔，它偏爱老练的绣花鞋般
古法的外墙。这么厚的南方五月
从苦难深重的垃圾中抽出几近塌方的
四月，那些依然受辱的断魂雨也想耸立
一座塔的芽尖。但逝者的供品
含有几颗熟悉的青蚕豆——
祭奠突然消失的春天。内墙剥离出
一个行将瓦解的初夏

春天如此短暂，蚕豆一晃就老了
我们剥开四月和五月的壳，发现
惊悚的气温坠入一个分水岭
看蚕豆老去的面容，我们深知
及时爆炒也在他的青春期
试图以瓦解建造的一个永恒

这是三成火候的游戏

急于败走的暮春拉住蚕豆的单耳

——只听不传的耳。从中掏出去年的蜂鸣

空荡荡总能令瓦解再次聚集

杨 廷 成 诗 选

两株芦草

两株卑微的芦草
在河岸上相视而立

鸟雀们肆意喧哗
而它们始终默默无语

它们共沐春日的阳光
它们同担秋夜的冷雨

每一场狂野的大风中
枝叶就会紧紧地搂在一起

雷声中暴雨终于过去
睫毛上挂满了欣喜的泪水

从妙曼的青葱时光
相守到满头的白发散离

这些草木的爱情
让尘世间的多少人在羞愧

秦　风　诗　选

阿西里西，草的高度与原的边界

"像是风翻开了的书，那内部的跃出

光芒，走在了自己的上面。"

天上花海，韭菜坪打开所有的窗

远行的归人，为爱备下的一腔热血

每一朵野韭菜都是彝家的火塘

韭菜花的笑声是紫红色的

不是色彩，如灵魂释放出苦难的体香

天上人间在花丛，梦站在面前

其中的云朵与花朵

仿佛是同一个追风的少年

同时从四面八方向自己奔跑

是摇曳的妩媚，与倾倒

被风吹远了还在风的怀抱

天地漂浮，等自己被风再度吹起

火的花瓣

"所有的生命都向生而死

唯有草，向死而生。"

群山之巅，一切都归于万物

无人之境你就是燎原的王

草的野心，就是山川的意志

阿西里西，因草诞生，被草喂养

然后，再喂养牛羊，与蓝天

一棵草要获得理想的高度之前
首先是火，再生长成春风
点燃夜郎古国灿若星河的火把与山河

末 未 诗 选

种瓜记

其实，我是在种下一地线索，乱与不乱
试图多多益善——东方不亮西方亮
我要打探地府的消息

地府里有我从没见过的爷爷，据说大烟抽足后
常常挥舞着一管狼毫，扬言要打败王羲之
可首先败下阵来的，一直是他自己

我知道这些瓜藤上的触须
为何卷曲如指，像在抓路过的空气
——阳光和春风稍纵即逝

南瓜，冬瓜，丝瓜，黄瓜，苦瓜
我种下了一园子的探测器
也没捕捉到爷爷的蛛丝马迹

今晨我又去园子里，再次顺着一根藤蔓
希望摸到爷爷的脑瓜，却摸到几滴夜露
哦，昨夜，大地又在悄悄替我哭泣

奶奶，父亲，一样的。春天已来过几十次
你们却一次没回，是否和爷爷越走越远

我在人间不得而知

种瓜，而不得瓜。今生的许多事
不外乎就这个结局，但我依然不死心
天天去瓜地，直到摸出内心的几个芥蒂

是的，我有苦水，在身体里面，结成疙瘩
解不开时，常一刀下去，嘿，破了
正如我昨天切开的那个西瓜，凉到了背脊

周　刚　诗　选

还在

在看不见道路的夜晚
眼睛还在
在迷路的村庄
背囊里的指南针还在

在一无所有的天空
鸽子的哨声还在
在阿尔茨海默病人的大脑里
爱人的名字还在

潮水渐渐退去
冰川还在

白雪覆盖
一粒粒的种子还在

先人已逝，刀枪入库
曾经铁马冰河的
血性月影里
我和我们，还在

柳 苏 诗 选

爱着，足够

昏昏沉沉快把一辈子
走完。爱的真实含义
至今没有读透
读不透就不去硬读它
爱心这么强烈
对人世，一如往常亲切
感觉得幸福，温暖
意义，足够

无须邀集闪电
无须邀集涛声
静下来
用内心的山水
回想曾经
滋养爱

王 德 彩 诗 选

父子共床

小时候
长的很长，短的很短：长短句
相向抱团
悬殊、参差、和谐、错落有致
臀部底、腋窝下、双腿间
海阔、天空，鱼跃
海蓝蓝天蓝蓝，清澈见底，相看不厌

长大后
长短句成骈句。团散，背对着背
把身子捂住，别让他看

陆 雁 诗 选

山中

都慢下来了
蝉鸣　松风
摇晃的爬山人
仿佛轻轻一碰
枸杞树上的红果子
就会掉出体内的滚烫

满山树叶
提早交出了枯黄
为了活着
有一部分必须慢慢死去

掠过的山鸟们
也慢下来了
像一小片乌云盖住了栗子树
我在山中，你也在
但我们各不相同

姜 灿 辉 诗 选

经过你的湖

不必说湖有多蓝

它的清澈与宁静

更是一种境界

风拂过

湖边的树叶在沙沙作响

而湖中的柔波

被阳光当成弦正轻轻拂着

此时，所有的荡漾都是美的

有人把回忆种在湖边小路

往后的日子

便典藏一份甜蜜的惊喜

张 建 军 诗 选

昆明记

十月的风吹我们
甜的盐。
是关于海的一次想象
那时潮水渐渐漫过我的两个脚趾

致辞吧，这一望无垠的大海
这虚无的新月光。
它多像一只飞舞的仙鹤
披上纯白的羽衣

在泸沽湖
我们的伤口敛起翅膀
——在水中愈合

胡 杨 诗 选

在草原

可能会想起从前的暴风雪
用羊毛细细地捻
也用牛毛
细细地捻

那个缺少一只手指头的正午
那个一斤酒
在肚子里摇晃的
夜晚

一次次撞击帐篷前的经幡
会说些什么呢

夏季清凉的睡眠中
风暴真的来了
雪盖住了头颅

你看，额吉的头发
已经雪白

她在帐篷前
属望着遥远的雪山口

看有没有一匹马

驮回

从前的草原

李 晃 诗 选

在荷坳兰桂书室

从一滴露珠里，窥见我的
前世：花名册上，赫然
有我发光发亮的名字
端端正正坐在课堂
彬彬君子听先生讲解《诗经》
高举的竹板也敲打手心

山雀子衔飞我的心事
在芦苇弯腰喝水的河之洲
在野鸭嘎嘎的欢笑声里
娉婷闪过，我悄然爱上
一个名字叫荷的女子……

睡在上铺的兄弟，且莫笑话我
香甜的梦呓，吓不走墙角
那尾静静蠕动的菜花蛇
只有那趴在墙上的猫
被乌云吓得溜下瓦檐来
四周，顿时归于寂静

周 启 垠 诗 选

我的门开着等你

相信你会回来，走了肯定会回来

冬天去了，春天就会回来

春天去了，夏天就会回来

所有的声音消失后还会响起

就像太阳转过山头从西边掉了下去

东边它还会出来

这世界，拨动的每一根琴弦都会发出声音

闪电在我们的眼里不说话

但永远留着光彩

开口的时候，我就相信你会回来

这是真的，风会吹回来，雨会下回来

温暖会把每一个人的身体包围

在这长长寂静的走廊我听过你的脚步

你回来，不用敲门

我的门开着等你

万　辉　华　诗　选

在洞庭湖上

八月湖水平

孟浩然看到的　与我看到的都一样

为了不辜负这浩渺

岸撤退到遁迹的地方

沙渚撤退到很远的地方

江豚却与人更近

它们在船前跳跃

浪花犁开自己　追逐自己

风把浪花打成碎玉

在这浪花与湖风追赶的河道上

我们是一束浪花

我们是飞旋的江鸥

鸟巢

她家的鸟巢在阳台上

几束草而已

两只灰不溜秋的鸟儿蹲着　等待翅膀变硬

窗外的白云　　时不时飘来　　为鸟儿梳理羽毛

让它们不觉得孤寂

她索性不去喂食

让它们以为她是一棵树

向 天 笑 诗 选

月亮山的月亮

到月亮山上看月亮
从来不在月夜
但不管下雨、落雪
我总能抬头看到月亮山的月亮

她像一只秀美的眼睛
悄然地观察着我
哪怕我身陷困境
还是如同从前一样照耀着我

徐 汉 洲 诗 选

水的样子

像一万只羊
挤在一起
挤出大门

把草原切成两半
把高原分成两堆
从高处往低处
从峡谷
从石滩
像一把犁铧

冲开黄土和陡峭
穿过岩石和岁月
一路奔赴
东一股西一股
南一股北一股
汇聚成洪流

像一群大鸟
呼啸着
快速地飞
辽阔地飞

从长江口、黄河口、珠江口
射入大海

多么像一尾巨大的鱼啊
无影无踪

第七辑

民间诗人的纯粹与自在

横 诗 选

一朵云

天黑了
以后。
会有一朵云
停在天黑下来的那里。
梦里的一个声音说。
意思是。
天黑下来之后。
很黑的天空里。有
一朵云。
停在黑暗中。
一朵。
白色的云。
看不看得见。
无所谓。
一朵。
白色的云。
它。
很干净。
看着很干净。
实际上。
也很干净的。
云。

静态的。

停在天黑下来之后。

黑暗的天空上。

问题 1

你觉得打火机灭了几次

打火机打了几次火

打火机的颜色

打火机火苗是什么颜色

打火机火星在哪里

有几颗

停在黑暗中

徐 海 诚 诗 选

火焰

眼睛可以看见的那团火焰
只在空白纸面上燃烧

困惑包裹着无奈
于人间摇摇晃晃

暮色苍茫中　独影
徘徊又徘徊

南山寺的钟声响了
惊醒了赶路的人

紧紧抓住黑夜的灵魂
不再寻找春天的方向

回眸

那年映入眼帘的笑容
留在时间的后面

白发里闪烁记忆的光芒

远行的脚步踩在岁月深处
梦想在坎坷的山路蔓延
距离，消失在秋雨的窗前
疼痛，消失在无尽的黑夜

悠扬的琴声来自何方
驻足回眸，依然是一路风尘

工地之夜

秋天悄悄地来
工地依然故我　燃烧
夏日激情
塔吊像登天的梯子
建筑汉子一伸手
太阳　月亮　繁星　垂手可得
声音此起彼伏
工程车来回奔忙
夜色中
一位建筑工人向我微笑
露出　牙齿的洁白
吞下　定心丸之稳重
黢黑的脸
流着豆大的汗珠
湿润　万家灯火

晚风吹来

远处的亲人　仔细清理

一串串稻谷的芳香

时光

木槿花开在那片菜园里

蝴蝶在上面来回

那扇竹子编成的栅门

母亲在晨光与夕阳中不停进出

太阳出来了

向日葵随太阳移动

我常想

没太阳的时候它怎么办

一颗果子掉了下来

砸在我的头上

我睁开眼睛

时光正好穿过母亲的菜园

老　德　诗　选

家书

祖父当然也是一本书，可惜
我还没出生，他这本书就
合上了。有关他的故事
父亲一提及，老是弄错页码
父亲的书，如今
也合上了。我偶尔打开
却不知道哪段内容是真实的
哪段进行了虚构。母亲说
父亲是个实在人，文化水平太低
说起话来，总是
前言不搭后语。我想
我这本书，早晚也会合上
唯一令人揪心的是，我的
字迹潦草，又不会打拼音
我必须抓紧时间，不停地修改
一生的笔误，并在
扉页留下这样的字句
"这个家伙，不是个
好儿子，也不是一个
好父亲，是一个天天异想天开的人"

情诗

有的人
把情诗写得很长
比如聂鲁达

有的人
把情诗写得很短
比如裴多菲

我想把这首情诗
写得不长也不短

既要符合你我的身高
也要参照
彼此之间的距离

典 裘 沽 酒 诗 选

我就这样

不管你喜欢不喜欢我

又不会给我钱花

不管有没有钱

喜欢我的，最多请吃饭

我感谢。可我还要继续活着

按我的性情活下去

不知道以后会怎么

反正就这样活着

灯塔

灯塔都是儿时

乃至于少年时的象征

最多也到中年

老年的心里

那浪涛围绕

还有海鸥围绕的灯塔

早就被岁月的狂风

吹熄

可迷路的船

仍然希望前方

出现灯光

哪怕是海盗船

杨 瑾 诗 选

冰

一块长方体的

重达50斤的冰

放在夏天的阳光下

要多久才能融化

可能要一段比较长的时间

如果让它运动起来

融化就会快一点

比如推着这块冰

沿着南昌的胜利路，中山路，八一大道，阳明路转圈

要转几圈它才会融化

谁也不知道要转几圈

只知道在转圈的过程中

这块冰会越来越小

小到一块肥皂那么大

用脚尖轻轻一踢

它就滑出很远

第八辑

叙述转向的新语感

梁　平　诗　选

别处

一直在别处，
别处神出鬼没。
从来不介意我身在何方，
比如重庆与成都。
重庆的别处拐弯抹角，
天官府、沧白路、上清寺。
成都的别处平铺直叙，
红星路、太古里、九眼桥。
我在别处没有一点生分，
喝酒的举杯，品茶的把盏，
与好玩和有趣的打堆，
与耄耋和豆蔻彼此忘年。
亲和、亲近、亲热、亲爱，
绝不把自己当外人。

孙　文　波　诗　选

站在山崖边……

每周日下午，我徒步走到
望见小梅沙的山崖处，都会看到
高速路返城汽车的拥堵。这时候
我庆幸住在山里，不必周末开车出城
找地方休闲，时间耗费在路上。
我在徒步的山道很少碰到人。
穿过树荫遮蔽的路段，踩着落叶，
有时我会恍惚，仿佛自己已经不在世界。
累了，坐在路边的岩石上，
我甚至听到石头、大树和灌木的吵闹。
尤其暮色降下，浓重潮气在树丛中漫开。
在我回返时，总能够感觉到笼罩我的气息
犹如大地深处散发出来的
让我得到洗涤的灵药。
不是吗？虽然汗水每次都浸透衣衫。
我的身体却感觉越走越轻盈，就像有豹子
寄居体内。我因此经常自言自语：
　"……红尾灯的河，犹如血流"，
或"独行山水间，大道吾一人"。

郁　葱　诗　选

无限山河

秋叶枯黄，又是一季，
此时叶子非彼时叶子。

其实能有多少日子，
天黑也罢，天亮也罢，
天、地、人也罢，
阴晴由它，寒暑由它，
仁者如是，义者如是，
龌龊者卑劣者亦如是。

不想说话，能表达出来的不及经历的一半，
不能袒露出来的那一部分，叫作记忆，
越埋没越觉得值得。
你可以希望，也可以绝望，
绝望多了，希望就有了。

古人成经典，今人成旧事。
多少人仅是笑谈，尚且留痕，
多少事只是烟尘，一风拂去。
再不背那么多虚名，虚名压身，
把那些早年背负的东西，一点点卸下，
能卸下来，就一定多余。

冬与夏，寒与暑，都不再敏感，

不是不敏感，是不再非此即彼，

不再非黑即白。

不是超然，是看到前面的那些头像越来越模糊，

他们最初是彩色的，

可感，有爱有恨，皮肤有光泽，

再看时，竟已成了黑白。

如若不信，你看那无限山河，

三千年后，依然辽阔。

陆 健 诗 选

在图书馆

码放得齐齐整整的书
总让人止步，又忐忑

其实这些书睡眠很好
作者带走了他的身体
把灵魂退还给世间

其中少数人不时走下书架
放倒一波读者，然后返回书中

喻　言　诗　选

看哑巴说话

看见两个哑巴在说话

用手语

手势流畅

表情轻松、愉悦

时不时向对方

发出会心微笑

他们没有需要回避的词

也没有需要回避的事

我站在一侧

内心羡慕

已多年没有

这样毫无顾忌地说话

尾巴

早上出门

发现我的邻居

拖着一根尾巴

我内心惊恐

但强制忍耐着

不动声色

走到大街上

抬眼望去

所有人都拖着一根尾巴

我强制忍耐着

不动声色

从这些尾巴中穿过

渐渐接受这个事实

这个早上

全人类都长出尾巴

下意识

我摸了摸屁股

那地方

居然没有长出尾巴

我尖叫一声

前所未有的恐惧

突然布满全身

黄　明　祥　诗　选

一架纸飞机停在中心花园的假山上

婴儿的啼哭刷新了楼道

一架纸飞机停在中心花园的假山上

城市的半空，轰鸣时大时小

行道树中起伏着蝉的叫声

穿过十字路口，途经医院的大门

人群嘈杂，像未修剪的灌木丛

翻过一个岭后

从右手的巷子进入

若干年前，开阔与荒芜共存

山腰的竹林有一条小径

拐角的一辆推车上堆满了莲蓬

中年妇女面含微笑，戴一顶草帽

她不一定知道脚下的河塘

不远外，我曾在其中

日夜加班的写字楼

外墙上白色的瓷砖已经成片掉落

露出内部的水泥

我在那里蓄过胡子，刮了又蓄

许多念头一茬一茬不见了

磨刀的老头在一面斜坡下吆喝

混杂在汽笛里

夕阳照着对面的商铺

我从影子里，去附近的桥下

寻找一位棋友，很久不见

东西两侧的花坛边留有败绩

那里的一棵树

孤独，不落叶，旁枝像一张长弓

夜宵摊有时只有一个男子

与我年龄相仿，在忙碌，没一个客人

也是外地人，理想是回故乡

在临河的宅基地上修建一幢新房子

他说，落成那天

他要大宴宾客，然后

看醉鬼在院子里摇晃转悠

流水不急

我不禁笑了起来

施　浩　诗　选

我喜欢大雪覆盖

我喜欢山峰

被云层碾压后的挺拔

或者被暴雨冲洗后的清透

我喜欢大地

被雪覆盖后统一的颜色

这些来自自然界的力量

使我的心境变得更加单纯

那些被雕琢的群像

和被美颜的面孔

使我找不到对应的谎言

描述内心真实的想法

我喜欢简单的事物

简单表达

简单粗暴也可以

总比自己骂回自己要好

有人问我写诗是为了什么

是不是为了表达

某种不能表达的情绪

我为什么要这样活着

我写诗就是为了让自己明白

而你永远无法明白的道理

就像我

喜欢暴雨冲刷

大雪覆盖那样

使世界变得简单和明亮

李 海 洲 诗 选

想象过日出

凌晨我们在网上饮酒直到沉默
用口语诗的手段遮掩、交谈。

二十分钟的酒
十八到二十五克的冬天。
话锋之外，很多冰片偶遇
我们打哑谜
像蜜蜂撞进车间
像等待日出的旅者忧心忡忡。

下一个凌晨你关闭镜头
我能嗅到酒意凋敝的理由吗？
怯懦，勇敢，蚁群的底线
你说：另一国度的躲避或迁徙。

你说：人类的车灯还将暗淡多久？
而捕猎者落入自己布下的陷阱
夜晚有多深远
道路就会有多无辜。

凌晨我们没有醉
骨头也没有。
想象的日出终将到来，恢宏万物
尽管等待如同海岸线漫长。

谢　湘　南　诗　选

数字人在身边弥漫

你的替身，代糖，五维编码
时间延伸者，有可随时转换的皮肤
与表情。世界尽头的
召唤者，转译着无尽的图像
风景、信息图谱、打卡点、报表
可盐可甜的语音、可彩可素的腔调

半年前，在前海的一家企业内
开发者教我们如何成为一款数字人
三个月后，在文博会上
我与几十个数字人撞个满怀
女的标致，男的帅气
他们是现场也讲述现场

他们是声音的河流对你的选择
再添加点蛋白质的微笑
他们就约等于我们
居住在方格中，是流量也是流态
他们闪烁，在人群中
蒸汽般弥漫

无尽的数字，喷雾的花朵
湿透我的脸

姚 彬 诗 选

黑鸟

羽毛是黑色的，我称呼它黑鸟没问题
它扑闪着翅膀，阳光像碎银
从身上落下来。
我祝它生活美好。

晚上我遇见过它吗？
月光像不像碎银呢？
它在丛林里，推动着黑。
我祝它光彩熠熠。

睡梦中我拥抱过它吗？
我滑翔在黑色的跑道上
似飞欲飞。
我祝它温柔善良。

贺 永 强 诗 选

共享

对于每一刻的人间奇迹
表示庆幸和敬重

面向终将失去的
连一个背影都不会留下的短短一生
保持沉默和接受

我想和你共享的
不是这满屋的阳光
而是黑夜里无止的孤独

王 长 征 诗 选

蟋蟀

春天的绿草将冬天掩埋
等待的人还沉睡在雪花的梦境

河边脚印里想你
捕捉不到白云的气息
风筝都起来了
飞鸟依然沉默

飞光不可等
飞光不可追
想要唱歌就尽快唱
蟋蟀迫不及待登场

马车追不上的良人
患得患失也追不上

刺

梦里生溢出一段感伤
像中指生出的刺

无论怎么努力

都无法将它剔除

指尖的肉因此增厚变硬

夜间生出针尖般的疼痛

以前还未曾经历过失眠

不知肉体的折磨与精神的焦虑

有着怎样的联系

深夜拿起一把剃刀

用力剜着手指上的焦虑

直到鲜血涌出

以另一种疼完全覆盖暗夜

才能抱着泪水沉入梦乡

瓦 四 诗 选

空荡荡的河流

白色在黑色里偷吃它的心，然后变成了
黑色。故意和自己作对
给每一个想法，穿上一件奇怪的衣裳
高粱不是长在地里，其实长在你梦想的
尸体之上。和自己说话也要找个翻译

风把自己吹大了肚子，火车把我
吃了之后。就开始远离这个世界
索性直接就开进一本线装的书里
当自己的墓地，让黑色的蚂蚁
排成队。一个一个做墓地的装订线

两个头颅的人。看世界上的人都是畸形儿
他勇敢地把自己的思想，从这个脑袋拿进
另一个脑袋。就像白天和黑夜不断吞吐自己
人类存在如同不存在，我爱你也像并不爱你
生命所有的痛苦，都像讲了一百多遍的笑话
每一颗星星都是一个梦想
每一颗星星都是一枚邮票
你想把自己邮寄给谁

第九辑

跨越时空与超越性别的女性诗歌

林 雪 诗 选

防波堤上

在防波堤上，我面对大海颔首
致敬迎迓……而大海从那蓝色纤维中
那深邃的孤寂之上伸出波浪的手指
一声"嘘——"寂静恰似虚无
看夕阳在海水中舍身沉下
看退潮时的淤泥，埋住一块童年的泥巴

防波堤上，一个男人开着的汽车音响里
喑哑的歌手正唱着死亡和悔恨
那男人发里有灰，袖口有土，眼里有伤
他高擎的双脚底是两块被磨损的橡胶
"身躯抵押在尘世中"，他走了多少路？
驰骋过多少光辉的罪孽？
现在，他对着车窗上一只唱着的蟋蟀
瘫塌下来……像被重生一次
大地颅骨深处，藏着一座高原
藏着黄金和本质

夜色愈重……天色微茫如这个小镇
我已看过无数。但仍不是最后一个
撒满草秸的路一直通向海边
苍穹啊！你的深蓝

无法言喻，而爱和亵渎都将永不停止

小镇

西山小镇。还是水泥石板铺的步道
一个痴呆少年，还在追逐路过的少女
带角塔的二层小楼还有凸向人行道的窗子
槐树坑边还蹲着老邻居
早上还有婚礼和出殡，有生有死
却还不是生活

一条街饮下了乙醚。不是美酒
一条街吞下那些欲说还休的眼泪
甜蜜恍惚。因为那流逝的时间
正把那水泥分解成粉末
把那少女变成祖母
把那窗子变成空洞
把那些蹲着的邻居变成骨灰
在这首诗中我致敬纪念
而在下一首诗，你
却再也找不到他们

娜 夜 诗 选

老人

老人哭过了
现在她坐到了公园的长椅上
不知道她经历了什么
怎样的辛酸
或悲愤
她的坐姿告诉我：
从未奢望过完美的人生
也不接受没有尊严的生活

安　琪　诗　选

往事，或中性问题

再有一些青春，它就将从往事中弹跳而起
它安静，沉默，已经一天了
它被堵在通向回家的路上已经一天了
阅读也改变不了早上的空气哭泣着就到晚上
流通不畅，流通不畅
再有一些未来的焦虑就能置它于死地
我之所以用它是想表明
我如此中性，已完全回到物的身份。

安　海　茵　诗　选

暮色就这样漫过了头顶

暮色就这样漫过了头顶。
落雪的江堤在等，
月亮和一个人的剪影。
我的山河从未破碎过⋯⋯
却还是轻轻伸出手来，
想挽住你的。

每一阕骊歌都企图铭记落日，
这我是懂的。
既然放任了云岚的脚，
沦陷了一万亩天空，
暗自庆幸，
我还葆有我渡口的桥。

由此追溯至，
正午时分的风，
不同流域的迥异旗语。
我就那样掀开玻璃房子的屋顶，
我想把你的花全都摘下来。

嘘，此刻是你的蓝色
睡眠时间，

那些银色糖珠还痴迷于
微凹的斜面。
我还想积攒更多的，可以吗？

拥抱一分钟吧。
五分钟也行。
我们的手心里还攥着
那些簇拥的糖珠儿，
我们一颗颗噙着，
绝不伤身，
矢志把甜蜜悄悄完成。

小雪里没有我

小雪里没有我。
说话的口音里没有我。
回形桌旁没有我。
诗里也没有。

擦肩而过的淡蓝色轻雾。
一小簇的我。
电话里拖长的尾音。
坚持先放下话筒的是一半的我。
心原本就很满了啊，
已经没有位置了吧。
笔尖的空积攒下来，
总可以了吧？
我这样问全部的我。

桑　眉　诗　选

一口井与酒的逻辑

谁知道呢
该如何谈论一口井

如果一口井的籍贯是：古代
泉眼细密，精通守恒术
数百年不增不减掬着井水
——这清幽甘冽之物
让人忆起禅诗中形容的那种永恒

一口古井存在的意义在于：等
等一个或无数干裂的喉咙
那喉咙因世事无常而哽咽、板结
说不出柔软的话
唱不出热切的歌
闭口不谈旷野、河流……

每口古井都有隐形阀门
当星辰照耀星辰
时间降解时间
弱水便破壁而来
滔滔汩汩，涉千山逾万堤

——我们爱水优柔且有容

我们朝水投入酶、五谷……

递上柴薪，与火

适度的荫凉

以及时钟往复徘徊的脚踝

当一种无形胜有形、无声胜有声的力生成

生成酒

……冲撞——沉淀。沉淀——冲撞……

（反反复复）

听，有歌音盘旋——

（反反复复）

"渺渺水三千，只取一勺饮。"

"水深鱼极乐，林茂鸟知归。"

该这样形容一口井（或井水；或酒）：

它蕴养理想，也熄灭胸中块垒

唐　晴　诗　选

朗朗晴空

晴空一鹤排云上

便引诗情到碧霄

在山顶，我是如此渺小

却并不妨碍我，想起这些诗句

想起过去的美好与美好背面的倔强

于是我在阳光下大雨滂沱

夜晚降临

一片漆黑，纵有点点灯火

也不能照亮这个世界

于是平心静气，闭上眼睛

停止思考，但不同于死亡

黑夜被撕裂，一缕光穿透厚厚的云层

整个世界依旧芳华正茂

宫　白　云　诗　选

小满

关上耳朵也没有用
鸟儿依然鸣叫
足不出户的人求索一个道路

暮色的城市，沉重地喘息
传授喉咙全部的数据
天空把尚未圆满的心思
抱在怀里

晚风一无所求，吹动
纷飞的花瓣
"土壤使树木束缚于土地"

有罪者收获宽恕后
在屋里转圈的人
依然无法得到直线

妈妈

我缩小自己往回走

终于遇到你

穿着阴丹士林的旗袍

也是夏初时节

木椅上逗留着石榴花的香气

你一遍遍给我扎辫子

…………

停留在此刻多好

不再变小也不再变大

妈妈，你离开我

我穿上阴丹士林的旗袍

在你留下我的人间

李 成 恩 诗 选

海边的乌鸦

我目睹乌鸦的孤独
一团收紧的潮湿的羽毛
黑色的漂亮的羽毛
反射大海幽蓝的光泽

傍晚，落日归于大海
一只乌鸦伫立在海边的礁石上
像一件遗弃的不明之物
为了即将消失的光芒
它才出现在这里

我注意到它的紧张
它一动不动
风吹动它的头
腹部的羽毛如一团微弱的火

我试图走近乌鸦
大海瞬间狂躁
大海的平静
因为我的走动而打破

我不是静止的我

而是与乌鸦的静止有关

乌鸦眼睛有一个大海

乌鸦眼睛里

有一个向大海步步紧逼的人

喜鹊

喜鹊头顶一小撮白

婶婶站在枣树下数喜鹊

天空浮起乡村的宁静

孝顺之人裤子肥大

脸色红润，身材像一棵枣树

我睡得浅

我的睡眠像错误的睡眠

假山后坐着一个神仙

神仙是一只打盹的鸭子

我猛然惊呼——

醒醒吧假山

醒醒吧湖水

我脱掉冬衣给树木松绑

乌黑的围墙长出了嫩芽

结冰的石像被湖水染绿

喜鹊集合，欢度春日

扫地的扫地，擦桌子的擦桌子

我们坐在饭厅

长条木凳子上坐了三个孩子

小舌头鲜红

木桌油了新漆

白米饭盛在木碗里

喜鹊成群结队

在故乡的山坡静静等待归人

路边的枯草我踩在你身上

好像踩在妈妈身上

柔软而清脆

擦身而过的老枯树

我被你的残枝拉住

像外公每次拉住我

他的手全是骨头，拉得我生痛

清明，喜鹊在故乡山坡像一群孝子

喜鹊叫声短促，方言纯正

春天催生万物

时光不饶人

喜鹊换了一群

晋文公领众臣登山

寻找梦中的柳树

古人介子推

靠在柳树下的人
我们每年要祭奠的人
他睡着了
春风吹着他的须发
柳树发新芽
而他的肉身枯萎

我用汴河水洗掉泪痕
收起水中妈妈的面容
喜鹊一路跟随我
一直跟到安徽省的边界

我折下汴河的新柳
我耕种的心在春风中
正一点点弹起新绿

周　籁　诗　选

采集

用眼睛，采集一壁青绿苔藓的微型白花

它们如美丽繁星一样堆叠

黑色渗水区的行迹

似一只巨大的，凝视之眼

空阔的野地边缘，苦蒿失神落魄

我们用心灵采集苦难

还有更深重的苦难，被视而不见

我们对世界所知甚少，而另一些哭泣

被抓入了生命的杯中

漫无目地，采集——

我所感受到的，秩序的流变与悖反

此时，天空在我的心上

采集宁寂

斑鸠调

琥珀色的鸣叫，一声声圆润的破残

从早晨绿色的树梢，跌落

听见和经过它时，感到一种莫名的快乐

——浆果的色彩

经过田野时庄稼的光焰

高踞于群峰的凝视与瞻望

阳光荡开她的衣襟，加入春蓼的调情

村庄属于始居者的后代

她满脸皱纹的母亲

归于青涩，开鸭跖草深蓝色小花

隐隐有一种悲怆

我的村庄，在琥珀色的鸣叫中被看见

谈 雅 丽 诗 选

雪夜代驾

欢聚这落雪的圣诞，我加入酒的狂欢
音乐声起，彩灯摇曳
有风来，卷起一层如梦似幻的雪沙
大街小巷被雪掩埋

路边两排小车，戴上了白雪的冠冕
寒冷把夜抱得更紧、更深
此刻只适合火炉边烤火买醉
或者投入爱人温暖的被窝

推开玻璃门，我看见满脸期待的他
等在雪地里的他——
戴着围巾帽子，黑色羽绒服外
套着一件黄白相间的代驾背心

他抬头注视酒店的灯火
一边搓手一边跺脚
十一点，他还在等待雪夜最后一单生意
像渔夫等他的船，容器等待水的注满

而大雪越来越深，越来越厚
道路银白，通往回家的方向

湖水与逝者

砍掉数棵水杉后
沧山湖忽然把我的视线拉远

面朝一座青盈盈的大湖
这里是绝佳的风水宝地
傍山小路通向林海深处
白头芦苇轻拂带松香味的湖波

冬天湖岸后退，但湖坡秀美
寒风扫完落叶后，又开始扫荡人间
这个清晨我们吹吹打打——
把劳碌了一辈子的舅舅安放此地

这天夜里，山鸡叫了整晚
我们感叹时光易逝，生命孤独卑微
第二天清晨飘起了鹅毛大雪
把湖水和逝者，都藏得无踪无影

阿　华　诗　选

褐色的莲蓬

傍晚的池塘，睡莲们都合拢了
曾经碧绿的莲蓬
在秋风里，也有了更多的褐意

我和它们面对面坐着
像一杯静止却又满怀泡沫的啤酒
起心动念里，藏着波澜

"相逢无非是打个照面
就像蚌，一声不响地含着珍珠"

所有的人生叙事，都是时间
给予的答案

低头相认的瞬间，我知道
在这里，在这人间的梨树

——傍晚的池塘，比我多出了
一轮皎洁的明月

吴 颖 丽 诗 选

寿光城南

今日小满，
我把思念寄给遥远的寿光城南，
那是母亲儿时的田园，
至今让她心心念念。
寿光城南有荷叶田田，
是她躲进湾里避暑的香伞。
寿光城南有槐花串串，
揉进面食的滋味至今绵延。
寿光城南的高粱地望不到边，
那随风轻摇的高粱红，
曾染醉她小小的心田。

据说到了小满，
中国北部的谷物会开始灌浆，
中国南部的江河也会日益丰满。
此刻，
我再次想象着母亲心里的城南，
那个亲切的乡野人间。

花 语 诗 选

比喻

你的话，越来越短
像冬日，被寒冷砍伐的白昼
它披不及腰的皮袄
等同于宋词里的截句和叹息

你的沉默，越来越长
像冬夜拉长的下颚
它长及脚踝的脸
可与拖地的黑色长裙比肩

我爱你从不媚俗的精练
犹疑在冬夜漫长和星辉奕奕之间
玫瑰昏睡，月季揽刺
将春天和绽放，打探

川　美　诗　选

醒来

一只鸟，用奇怪的叫声

在我耳廓上磨嘴

让我想起早年住在乡下时我母亲在缸沿上磨刀

她一大早就哐哐哐地剁猪菜

一边抱怨"日子什么时候是个头"

我没有猪菜等着剁

也没有辛劳可诅咒

但我内心的苦楚常似野草疯长

我闭上眼睛，看着肉体的我已如废墟

神走远了，我却还想着在废墟上建寺庙

我的悲哀比我母亲的高级吗

当又一场春风如叹息吹送

——朝着我的废墟

我抹去残砖断瓦上的尘土

我还不想说"日子什么时候是个头"

叶　菊　如　诗　选

雪后访梅

它们以风雪为号，以大地为约——
一夜间全开了：千朵万朵
像是起义的火焰燃烧在人间

我没有声张。道不同不相为谋
我也是王家河的子民
我隐身于此
并把隐姓埋名当成余生的意义

以至于现在，我于其中
不相信我所看见的——
雪的庭院里
一封记忆中无限放大的旧信

雪后辽阔

雪停了。从洞庭大桥望去
洞庭湖平原脱掉萧瑟，身披雪衣
清冽，柔软，辽阔——

防浪林里飞出的灰喜鹊

像洞庭湖最美的公主

而一字排开的摆渡船

被雪压着，胜过一座梦幻的城堡

风在芦苇荡快乐地叫喊

风在水面上自由地飞翔

风在接受洞庭湖的

审问，又像索取它的表扬

李 美 贞 诗 选

屈身

睡眠的能力不是谁都一样
猫比人更懂得睡眠
马站立的睡眠比人更有定力

然而人类无论你有多高
也有需要踮脚的时候
所以我时常需要屈身

等待日出

清晨五点
几个孩子
在黑暗的掩护下
从家中溜出
你牵着一只
超大的狗
说为保护大家
我们排成一字形
手牵手哼着歌
朝空旷的郊区

寻找地平线
连露水打湿裤脚
都无人介意

如今
等待日出的地方
高楼林立
等待日出的你我
天人相隔

林　丽　筠　诗　选

诗

这是我写给未来的信
笔尖划出河流
发出——

不是为了这一个我
而是为了知道
当身体不再陪伴
我们能够独自
去到哪里

仔细啜饮

仔细啜饮，去往
最深的味境
——空间之井，我汲取
仿佛从你的眼
分发至你的杯

夜行

你要保护好翅膀

它们在夜里会发光

像水滴一样

即使踮起脚尖

也会泄露清脆的回响

莫 笑 愚 诗 选

狂奔的犀牛

全身披挂黑色的铠甲

在夜晚

像一道黑色闪电

击穿隐于大地的无形巨掌

洪水从地心涌出，一泻千里

而草木依旧葱茏

长在天空的树

倒栽进泥土

狂奔的犀牛

它黑色的愤怒

在闪电消失的地方

像暴雨倾泻

随后折返天空

梦中的火焰

从无名之所烧起来

吞掉卧室，厨房

在封闭的阁楼

隐蔽着蔓延

火苗隐忍

浓烟溢出门缝

我是浓烟弥漫中

试图呐喊的一个

在门外的空地

一群人围坐

火苗在他们中间

明明灭灭……

冯 娜 诗 选

翠鸟

失魂落魄的男人
站在水边
杉树一动不动，丝毫没察觉云团在挪移
失败者的风箱，鼓动着同样的空气
生计顽石一般，难以打磨

他如此小心翼翼，围绕着别人的存在
为身体、为负债、为哭叫的孩子而沉默
汗水浸透道路
道路纵横往复
好多次，他想背道而去
又怯于离开人群
担忧高墙上没有自己的名字

日子昏暗如密雨
几乎不敢奢望片刻的走神
能碰触到缓慢的笑意

突然
一只翠鸟迎着闪电飞来
这蓝色的药丸，凶猛的剂量
拯救了他

千 夜 诗 选

在海上

在海上
海风，不停上线又下线
我知道海风不会吹拂我同一面脸颊两次
我也不会用同一个面庞
参加这发生在同一片海上的新生与葬礼

日出

"太阳在窗内升起"，在
随机的页码，我们选择的
一些随机浪花
随机的石头被扔到随机洞里。这随机的
镜子。
如果海只是天空一面镜子呢？
它流动，因着云在流动
不停重复着自身，他说
"想成为一只海豚"

要碎裂多少次，才能让声音穿透大海？
随机的岛——直到日落

要航行多少里，才能逃离这个时区宇宙？

我亲爱的，最亲爱的诗人
愿宇宙将回声还报于你
愿回声，流淌着那日的波纹
日子打开着
灯亮着
当我们关上窗的时候
大海在前进

大海剧院

大海剧院里
浪花不停爱上、错过彼此

草 人 儿 诗 选

心像雪一样落下去

必须蹚过一条又一条大河
只有河水　让我看清自己

必须在风中现身又抽身
然后把希望
安放在一朵花的蕊里
让它听到
打开自己又关闭自己的声音

必须俯身
靠向一丛青青的草地
风吹过
把淡然安放在一根草的叶间

只有心
我要把它安放在一片雪里
让它落下去
落在一个人安静的心里

柏 亚 利 诗 选

传奇

从前，我对你的初识

来自杜甫诗里的这句：

"一行白鹭上青天"

遇见你之后

我就追寻你的故事

竟是源远流长

你从上古的《诗经》中来

"振鹭于飞，于彼西雍"

唐宋时期，你达到高光时刻：

李白、杜甫、苏东坡、白居易、陆游

数十位文学名家为你写下百余首诗篇

因为，你是纯洁、美好与高贵的象征

李 爱 莲 诗 选

即便只是一朵山桃花

一夜春风，光线有了不同密度
一些新的序列的日子，变得更加幽暗而丰饶
尽美，即便只是一朵山桃花

从现在起，不知还要开多少回
即便在梦里，一开三十里
一朵，两朵，三朵……
最美，最虚无，也最仓促
即便是春寒，没有一片叶子

杜 华 诗 选

秋洞庭

风从唇边掠过

把濡湿辞藻吹走

在这之前

它把白云吹干

把湖洲吹裂

白云晾晒后做成书签

螺壳潜伏泥土

做了卧薪的思想者

风吹来大雁

排成巡逻的队列

嘎嘎语音

盘旋于秋的额头

土地记录下

百年不遇的

深刻皱纹

冰　花　诗　选

叶子和鸟

无翅膀的叶子

飞得再高

只是凭借风的力量

落地的鸟

还会再度飞翔

因为有双翅膀

叶子　本属于大地

鸟　才属于天空

羽菡诗选

爱琴海上的米克诺斯

把诗带给大海
海的深处永远沉静

五艘游轮造访
海水染上深深的酒色

茴香酒和开胃菜
谁征服了谁

迷宫小巷
至少会有一个解

365座白教堂
那些神明如今还在吗

"完全不同次元的透明度与蔚蓝"
好像白日梦

房子悬挂海上
海鸥飞向虚空

头顶茅草的风车搅动起梦

和巨石，那个孩子在玩浮潜

圣托里尼

古城凝在了岩浆里
岩浆掩埋了阿克罗蒂里文明
考古博物馆的"航海图"
"渔夫"和"打拳少年"活着

在"鸟巢"俯瞰火山口
一杯红葡萄酒
用来幻想和安身
酒们调着情
从山的另一头慢慢下山

黑沙滩白沙滩红沙滩
冰淇淋分量足
船在海面划出一道又一道波纹
向荒凉和热闹致敬
我们活着

第十辑

译者的诗歌逻辑底座

黄　灿　然　诗　选

济南西站

在整个山东
我只认识一个人，
一个认识三十多年
但从未见过的朋友，
他就生活在济南，
也许就在济南东。
我感到有必要利用
停车的两分钟
下车站一会儿，
抽几口烟。
我真的这样做了，
第一次踏足山东。

魔术

那是怎样的担忧！当我们走路下山
去买菜，她提着沉甸甸的红薯土豆
等小巴而我

带着黑仔原路返回时，它沿途总是

停下来回望，有二十三次，不明白
她为何没跟上。

又是怎样的奇迹！半小时后，当我
带着它爬上五楼，开门，而它看见
她已在屋里。

它永远在幼儿园留级，永远在我们
日常的魔术中历险。我们的跷跷板
将它高高抛起。

没有风的阳台

没有风的阳台最适合我
坐下来阅读或消磨时间。

有新闻，都不是新闻。
没有文字，都是文字。

天空中闪过一把白光。
它俯冲。它尖锐如鹰。

没有风的阳台最适合我
坐下来晒灵魂或不思想。

汪 剑 钊 诗 选

卑微的尘土也有飞翔的自由

眼睛容不下沙子的侵入，

这并非什么谚语，

而是身体真实的体验。

但春风并没有道德上的顾忌，

就像盲目的初恋，

它任性而肆意的挥霍带来了蜇人的疼痛。

顷刻，我领悟到大自然的约言：

哪怕卑微的尘土，也有飞翔的自由。

桃子

我见过你娇艳的前生，

那迎接世人进入春天的花瓣，

季节嬗递，但纯洁依旧，

脱尽了豪华，细绒毛包裹饱满的身形，

让旁边软枝横斜的玫瑰自觉羞惭。

突然，一片叶子落下，

仿佛隐喻从修辞学中脱颖而出：

成熟是一个节日，也会成为一个悲伤的开始。

你终将离开残损的母体，
犹如一个风姿绰约的女儿，
远嫁未知的他乡……

最后，一枚果核被留下，
那拥抱你的只有脚底朴素的泥土。

入海口之吻

相拥，河口对着了海口，
淡水与咸水留下了秘密的一吻，
无人知晓，无人知晓，
哦，那只是他们私有的情事，
与人类无关，与人类无关。

李 以 亮 诗 选

绝句十首

一

风是一个自由的孩子

他摇晃树枝

拉扯行人的衣襟又快速逃开

风，还没有自己的学校和纪律

二

走出了这么远，因此

不会有人问及你的现在或未来

走出了这么远，你一直

走在陌生人与自己的过去之中

三

有人钻进蛋壳，做起童话里的英雄

有人攥稻草以挽没顶之灾

逃避着的人正是被追赶的人

为崇高的退步，有人老练地沉默

四

大师已选举产生，天才在热议中

海子寂寞，死了这么多年

在安庆的天空下依然

不得不和烈士和小丑走在同一道路上

五

十年，足以结束一场战争

我已爱上这平静而要命的生活

今非昔比，你已弃恶从善

老死不相往来，只为证明曾经相爱

六

虚荣的身体，和脾性

承受发育之苦，黑暗里啜泣

当美艳成为投机的筹码

美人儿，知道为什么我还是要为你辩护？

七

并无必要寻找遗嘱执行人

——并无必要写下遗嘱

茶杯上的一道裂缝就是通往死亡的巷道

并无必要忍耐、挣扎、形销骨立

八

清晨：这是落水狗落水的时辰

这是梦上岸的地方

天光微明，一只布谷远远叫着

"普罗提诺羞于有一个身体"

九

你见过风吗？只见过落叶满地走

你见过时间吗？只见过钟表上

虚拟的刻度，像栅栏

墓碑上，隔开两串数字的连字符

十

我在外面转了转

从白天到夜晚

到处都是欢乐的主张

我又成了一个不快乐的人

骆 家 诗 选

两位老友

前天
一位往生，一位荣休
他们都将开启新的生活

盛夏

被这个盛夏月光晒伤的人
无药可用

因为月亮
也奄奄一息

远　洋　诗　选

倾听春天

每年凛冬将至，你都要打开碟片
听梅纽因演奏贝多芬的春天

尽管你早已不再是那个单衫少年
打开柴门，踏冰破雪
翻越崇山峻岭
汗气蒸腾地走在上学路上

——那时你的前额闪耀太阳的光芒
双眼凝视着迷蒙远方……

每年最寒冷的日子，你都在小提琴声中回想
一条融雪的激流，怎样冲出峡谷
如同你瘦小却结实的赤脚
多么急切地奔向开花的原野……

此刻，仿佛内心突然解冻
你满脸老泪纵横

春天的美好瞬间

显然，这对小鸟羽翼初齐

像刚刚长成的少男少女

白头，三道白带环绕的黑脊背
黄眼圈，黑亮黑亮的眸子

起初，他们互不认识
在铁丝上，各自站在一边

接着，一个鞠躬九十度问好
另一个也急忙低下头请安

然后他们互相靠近
开始越来越亲密地交谈

突然，他们用尖喙亲起嘴来
亲完似乎害羞，又矜持地趔开

主动的那个，便俯首称臣大献殷勤
于是再度响起吧唧吧唧的亲嘴声

停下接吻，就高兴地鸣唱
五音阶的歌调，清脆而又响亮

一会儿，悄声絮语说个不停
或许是在商量筑巢结婚

生命短暂，春天更短暂
爱情是一道幸福的闪电

爱情的闪电击中一对小鸟

让我在这个残酷的春天

也窥见美好的瞬间

天石砚

——访眉山三苏故居

十二岁时你挖到一块奇异的石头

鱼形，肤温润晶莹，浅绿色

里外点缀着细小的银星

叩击它便发出铿锵的声音

你用它做砚台，从此

决定了你的笔墨一生

多少诗词文章从中泼洒而出

数滴墨汁反溅了自己一身

几遭遗弃，委顿于污水浮尘

甚至被践踏在泥淖中

你也像它，一次次被抹黑被放逐

又在风雨波涛里冲刷干净

或许那是女娲炼石最后剩下的一块

怀着补天之志，耿耿难泯

而今不知它流落何处

如同你的足迹，缥缈难寻

夏　露　诗　选

母亲的闺密

她们知道母亲的秘密
那些藏在深山藏在大海的秘密
像无数的荆棘刺向母亲时
是她们提供了安慰

我曾在医院的病床
一遍遍轻抚母亲的身体
感受她血管里的山河
有过怎样的奔腾与窒息
偶尔她对我欲言又止
我都不追问
因为母亲是真实的
她十月怀胎生下我是真实的
这份真实超越一切秘密

带着疾病和疼痛活着的人
谁没有秘密
生活其实高于艺术啊
有时候你可以放下整个宇宙
却放不下秘密

如今我看到母亲的闺密

就像看到母亲

也像看见未来的自己

理性的薄情

我曾以为大海深情

天空洒下的每一滴泪

它都接纳

收入最深不可测之处

可转眼它就借助阳光

向天空还泪

看清大海之后

我还是爱大海般的你

但绝不朝思暮想

绝不千里万里投奔

毕竟没有你的地方

也有良辰美景

那些光芒四射的情意

就像镜子

不用的时候

最好藏进绒布里

小说家与诗人的共同体

蒋 一 谈 诗 选

庭院内外

孩子，我注意你很久了

庭院里的月桂树，你说月桂树的庭院
你的想法有趣，但过于文艺

你可以粗糙些：粗糙是另一种不妥协
你还可以让眼神再失些焦，卸下

向世界证明的欲念———
长大以后为昨日作证的负担

孩子，像你这么大的时候
我有幸认识了一些新朋友

他们把最后一段岁月
留给了自己。

彩虹

或许因为愧疚，暴风雨
送出了这座彩虹。仔细观察

这最接近精神事物的物质事物的
边缘部位，一条擦痕，菱形的

若隐若现。我相信那是风和雨
相爱相杀留下的。我也因此

相信了虚无，并因为相信虚无
转而确信自助者天助

有些雨，你无法触及

有些雨，你无法触及，但你
可以体会，在整个夜晚。

我说的是那种没有声音又能让
叶子在傍晚的宁静中闪亮的雨，
极细极细，像婴儿的睫毛

丝般滑落；而叶子配合着，
纹丝不动，仿佛新颖的感动。

我站在那儿，闭上眼睛。我的脸代替我听：

某种事物降临，越来越近了，就好像
我站在岸边，大海一个转身，巨大的谅解
就摊开在了我的面前。

其实还不止这些：这样的雨，让我以为

它是最有教养的语言学家，

它的只言片语，近乎不言不语，
随时把说话的时间留给了你。

雪和雨

雪落下，雨敲响
雪的变化。雪和雨的

古老关系，让你学会正视
陈词滥调里那些不朽的东西。
先前熟悉的树，如今更像不同

时刻的生命路径，尤其是那棵
拄着拐杖的老槐树，似乎在低语：
色彩斑斓的，通常是略带

残忍的，尽可能不用纯色
用灰色调淡它们，就像
雪和雨的调和；迟来的
情感，也许更明智。

你离开城市走向深山。
大雪封山之前，一条小溪
在一条小鱼的带领下
找到了方向。

阿　来　诗　选

金光

今晨，我看见一束金色光芒
穿过诺日朗瀑布那银色水雾，在两株挺拔云杉中间，
落在了我额头的中央……
那时，鹰隼在高高的天空
中间是开花的野樱桃，背后也是
樱桃花沾满露水闪闪发光。
而下面，下面是什么？
谁的双眼泪水盈眶？

看见金光！

金光来自高峻雪山的顶端！
那座男神的山峰——达戈：爱情的
捍卫者，老百姓的英雄。今晨，
猛然一下，他就复活了，英名光华
灿烂，使我沐浴金光！

清纯的水四处流浪，像风
风走上山岗，而水走下山岗
雪山仍在原来的地方，越升越高。
礼赞的瀑布轰轰作响……
我要紧闭厚朴的嘴唇，

不让一切所爱的名字脱口而出，
一切要在心中珍藏，
她们的名字不能跌落尘埃，
因为我将再度离开。

就是这样，在我
肉体与精神的双重故乡
我看见金色光芒，刃口一样锋利，
民谣一般闪烁，从天上，从高高
雪峰的顶端降临，在诺日朗瀑布
前面，两株挺拔的云杉中间。

沐浴金光！
沐浴金光的人啊，看见
众多的水纷披而下，轰轰然大声喧哗

如何面对一片荒原

如何面对一片荒原
当大地涌向中心
高处的平旷被劲草不断拂动
犹如一声浩叹绵延不绝
那些粗糙的边缘，是雪山栅栏

如何面对一片荒原
当粗糙的边缘嵌满宝石
更为精致地嵌满天堂鸟的双眼

转动不停，闪烁不已
当雨落下，花朵和苔藓
微弱而广泛地吟唱

在阿吾塔毗，在热当
荒原上居高而开雪中的花朵
短暂，却有无可比拟的鲜艳
是奇妙的药物
脆弱而又锐利
骄傲而又诚恳，深入了膏肓
现在，只是在雪化为雨的地方
在金属般闪烁的岩石肩头

就这样深入荒原
一个人，一匹马
马背上驮着笛子和宝典
我的背后，雪崩似的溃散下去
许多时间，那种崩溃啊
擦亮了许多东西
在一座犹如祭坛的荒原边缘

永远流浪

那天，在绝壁上独坐
看见一头野牛，急速穿过
悬崖前俯冲而下的大片荒原

我才突然明白，自己
一直把内心当成一个小小的国家
有自己的季节和对天气的预感
在砾石与悬铃木的地带流浪
从黑色柏油路到简易机场
乡村客店的女招待茫然而耐心
加油站前，有人贩卖过去
刀、剑、马鞍、铜钱
在无人区，静寂让我多次醒来
眼睛里落满星星的光芒
想起流浪是多么好一张心的眠床

终于，在无路可走的地方
苦苦寻求的东西，让一头
毫无喻义疾速奔跑的野牛牵动
从内心出来迅速展开
我看见冰川舌尖濡出了最初的一滴
颤动，而且闪烁着
世界与心灵的声音和源泉

就是这时，我才明白
一直寻找的美丽图景
就在自己内心深处，是一个
平常至极的小小的国家
一条大河在这里转弯
天空中激荡着巨大的回响
这个世界，如此阔大而且自由
家在边缘，梦在中央
就是这个地方，灵魂啊

准时出游，却不敢保证按时归来

星期一，开始上路
经过一些湖畔的别墅
和幽居其中的她们亲吻，翻阅影集
这时，花瓣落满了南方
星期三，拜猎人为师
学习欣赏动物的灵感
抚摸自己迎风而起的毛发
在一株云杉的阴影下面假寐
尝试一只狐狸简单的梦想
剩下的时间，经过一些阴天
更多却是明朗的地方

到达时，已经忘了是星期几
但却登上了绝顶处
看见一头野牛，急速穿过
悬崖前俯冲而下的大片荒原

邱华栋诗选

对位

你看：
风和树林
云

我说：云

你和我相互靠近
又越来越远

你说：云

没有我和你
只有风和树林
云

更多的白昼

我留下的白昼比黄金更深沉
比泥土更黑
比太阳更幽暗
比人心更轻
更多的白昼被我的双手从血管里挤出

霍 香 结 诗 选

典型性或身体里的对称螺旋体

我想写一种动作，这种动作具有典型性
或不具有，它就是一个动作
时间运动中的一个姿态，可是
在它的祖先那里，它也是一个动作
比如：他举手的动作
在他的祖先那儿那这个动作同样存在
我们称这种动作为典型性
它是无意义的，但对现在正在
执行这个动作的他又可能是
有意义的，在更大的语境范围内
我们得把它视作典型性，也即无意义
它的意义仅表示它的无意义存在
以区别有意义的非典型性，如果
这个动作是吃饭，而不是操作键盘
我们就视它为典型性，繁殖也一样
典型性支配一个人的大部分生命信息
这生命如同一棵树或石头的基因

橘子

祖父已死去多年，我吃橘子的时候
总会想起他
那是我们自家园子里的橘子
树种在祖父的坟头
我不知道橘子是结在
枝头还是泥里，我把它剥开
橘子的水就流了出来
丰富的水，它在我嘴里
我吃着橘子里的东西
他总可以爬上去的是吗
所有的树木都吃地里的东西
它们坚硬，有着人形或其他的
样子，四周的木头围着我
我坐在里面，木房里面
白炽灯泡也在里面，很多身影从里面
挤出，它们已经变了形
而我在里面，木头里面
不停地吃着橘子以及我们的过去

陈 仓 诗 选

中秋月亮

夜已深，从石榴树林里

传出一阵阵号啕大哭

惊醒了周围的定居者

小鸟离巢，露水落了一地

窗户被一扇扇推开

再一扇扇关闭

世界宣告不再接受投宿

只有空中的那扇后门

淡淡地虚掩着

留给了这名绝望的异乡人

公园即景

高压线把天空

分割得鲜血淋淋

莫名的植物，比如桃和菊

都不用对各自的季节负责

秋雨后的草坪上

长出很多在偷听的小蘑菇

有个中年妇女摆出几只鸡
活的，还咯咯咯地叫
跳完广场舞的大妈
挑了最肥的那只
这流动的贩子动作麻利
把世界拧了三百六十度

刀子很利，鸡像一位烈妇
被利索地抹了脖子
前后不到一分钟
杀戮就宣告完成
凡是活着的，都是见证者
我叫了一声：还不快走
宛如稍微晚上一步
刀子就要落在我的头顶

变天了，一阵秋风吹过
水一样的东西啪啪砸了下来

程　维　诗　选

苍茫颂

一群人追着落日奔走，他们的声音
越来越远，直到无声无息
把我扔在暮色中，进行没有独白的
散步，此时我忽然感到黄昏没有哲学
它如此寂寞，又如此自由，美好而孤独
像长跑之后的小憩，没有谁来打扰
没有荣誉可说，一切都是你的
包括远处的回声，而西山，像个传说的
巨人，将落日托在掌心，慢慢合拢
从指缝中溢出几丝光线，带着油画笔触
描摹苍茫与昏黄，并在林间小路上
添补了一个小小的身影，万物都在
落日没有使众生丝毫减损

第十二辑

老牌诗歌民刊
与自媒体的朝霞

中　岛　诗　选

我允许

我允许你穿过我的心灵
不管你怎么形容我这颗心
是用了什么内容存在
我都不会反驳你的看法
我有多种心灵供你们品尝
我是世上最美的佳肴

我允许城市穿过我的心灵
不管这座城市肮脏还是势利
我都不会拒绝你们走过
我肉体的存在是心灵旅居的住所
我有时候会和他一起渡过难关
而你给予我的风景会让我泪流满面

我允许列车穿过我的心灵
不管它行驶到何处
我都不会迷途知返
错也有美丽的风景
我会享受这份赐予
对错都可以随时停靠或离开

我允许女人们穿过我的心灵

我不会弄脏你们的世界

因为你是母亲和女儿

这是人间最美的生命

花开花落都为我心灵浇灌

你们是人类之圣光修罗之道场

我允许孩子们穿过我的心灵

我会细心呵护你们

把最重要的爱给你们

你们是自由的

天空大地都会滋养你们

我看着你们开花结果

我允许自己

在心灵上种下一棵树

允许所有人来树下乘凉

人生那一抹白

我把世界分成三种颜色

苦难的黑

耀目的红

忘记写下字的白

那一抹白

沉下了更多看不见的孤独

人生有太多看不见的自己

白在呵护着我

她寂静得像母亲

又如山谷间仅剩下的广阔

白将温度调整后

剩下了那股静止的疼痛

光在空间里相互拥抱

把孤独着上繁忙

或许这反而是我抹不掉的记忆

在每分每秒中延伸

我用这空白搭成一座山

清明节遇爷孙去祭奠的路上

人行道上

一位老人领着一个孩子

老人手里拿着花束

那个孩子欢跳着

牵着老人的另一只手

"今天就可以看到爸爸妈妈啦"

老人微笑地低下头看着孩子

脸颊流淌着泪水

黄 礼 孩 诗 选

风之屋

上午的光照进来，一座森林的夜雾散去

我关心光的方向，知道沉睡的事物

如何翻一下身子，神明醒来，染上黎明之色

儒溪村寂静的屋子，它是自身遗忘的废墟

日本艺术家松本秋则，一个神秘的人

他把老房子多余的东西请出去

邀请竹子的家族进来，身体对着心灵

做竹片弯曲的彩虹，装置朝着宇宙发出信号

这是一场游戏，风过竹林时的消遣

我看见了陌生的翅膀，带着乐队前来

这些形状各异的竹子乐器，谜一样存在

像屋子里的器官，欢乐的身体生动起来

时间之舞如古怪椋鸟飞出，水滴的嗓音蓝了

生活需要外来之物，就像一头豪猪突然跑过

四个角落的电风扇设置了口令，流水一般

推动，旋转，手挽手的人，他们之间产生了风

我驻足倾听万物，找回梦想的权利

诗歌音乐会之后

最初的一月，晚霞干净的波浪荡漾西边

这云霞的玫瑰红一如晚间的音乐会

中场休息，我们在平台上闲聊，或者拍照

去记住些什么，旁边的珠江水带走时间

流逝的声音，就像那个带来唐代调弦的人

音乐是内在奢华，随心所欲的观者

听见小河淌水，翻阅出纯洁的灵魂

今夜空气橙黄，之后变蓝，半透明的叶片飘过

还要赶夜路回到自己城市的朋友啊，再会吧

愿这月色一路陪伴，明月是一匹没有骑手的白马

像天涯无所不在的酒徒，饮下冰冷的黑暗

陆　岸　诗　选

风景

世上还有什么风景，
比得上你年轻时遇见的一场大雪，
大雪上只有两个人的脚印。

给蔷薇

从山顶往下
林中的雪很厚了
蔷薇，你听这寂静的声音
仿佛两列小火车在缓慢行走
当我回头看时
天空这个黑色的斗笠
一下子戴在小尖山的顶上
我们走过的小径
就像爱过的往事干干净净
早已失去了踪影
而白茫茫的一片谁也掩盖不了
满山皆是披雪之松
树上有心碎之雪
簌簌往下落的不止这些

蔷薇，你我已多久没有经历这样的迟暮
这空荡荡的前程
多像我们茫茫无用的深情
再不会有金黄的老虎了

互见

一只穿云雁飞在寂寥无比的空中
就如现在
我在密不透风的人间
一个人穿行

我抬头看见它时
停住了脚步
它也分明停止了翅膀

它一定是
低头
看见了我

温 经 天 诗 选

山中

我把脚印留在山底

河水泛起，冲洗昨日

我把翅膀留在山腰

松柏与蒿草吹奏出人的形状

金色大风显出体貌

和童年时仰望的凤凰羽毛很像

我把头颅留在山顶

我的朋友一千年以后会来看望我

他凭借什么？云朵洒下雨滴

雨滴的文字被谁阅读过

阅后即焚，金色的巨大熔炉

炙热，轰鸣

令我的朋友们呼叫

此刻，我隐约已听到

海是我的医生

海水不断拍打我中年的妥协之舟

摇摆，向内旋转，顾不得

远方赶路的鸥鸟招呼

空投的旨意就此错过，像我曲折的半生

眩晕的岸则是我短暂的扶手
沿着下肢生物力线，找到疲惫的双足
它们放弃印记也放弃行走的可能

在海边，很多事找不到唯一答案
唯有星星牵动我心
佛陀领悟的真谛起源，还缺少
一棵树，但我并无机会返回平原和山中

生锈的关节，顽固的病灶，跟随我
替代理想与爱情。不知不觉中我醒来
悟到海水何以含混表述

群虎的浴场逃不走任何一匹奔马
时间的骑手大而无用
我服用日月片剂，日益寂寞
久而久之，体内产生顽固的耐药性

王　小　拧　诗　选

鱼塘

从高楼走廊的窗子往下望

可以看见

一大片平静又光亮的鱼塘

白鸟在水边上驻留

或滑翔

那天

他们绕过稻田　村庄

和围墙

来到无人值守的鱼塘中央

指着高楼的某个窗子说

那是我们的家

赵 卫 峰 诗 选

在客厅

暴雪虐待沈阳的事
十九点以后，开始出现在荧屏
为时不久，但已足够
家喻户晓，所有的问题
归根结底都在等时间这把利刃
镜头在白白的东北速滑
雪仍如花，冰还像玉，但这一次
真的不雅。干吗不来贵阳啊
她抬头，冒出不冷不热的一句
然后俯首，掌控另一个屏面的游戏
枯燥的冬天，干燥的南方
烦躁的时间和地点，中年人已习惯
亲爱的少年，你真就那么期盼
一场浩浩荡荡的覆盖？
而什么样的雪与远方，终归是远方
她继续，耳塞耳机，把握手机
我继续，面对电视，隔空凝视
我应该像在世时的父亲，事事关心
对天气预报也很有兴趣

在从前

日子，终是属于从前，这个词
也适用于任何一瓣潮湿的比喻
当你指出从前，意味着删繁就简
像一只针对性的漏斗，反复
容忍和过滤，不值一提的爱恨
此起彼伏的幸与不幸
当你只在意那永不休止的滴答
你就听好了：日子确实如水
爱在梦想中倒流
梦想终是没有尽头，而从前
讲究押韵：物是人非事事休
唯见长江天际流，而从前
一叶扁舟的波折是偶然性
一株垂柳的遭遇是必然性
一个出家人的悲欣交集，是代表性
而从前，从前的人们有从前的快乐
从前的人们，并未感觉从前慢

雪 鹰 诗 选

羊群

它们总是统一姿势
低头吃草，低头吃草，低头吃草

我不知这些羊，为什么
总也吃不饱，总也不会
奔跑，嬉戏，追逐，甚至
恋爱或抵架。这么多羊
如默片上，我的父兄

低头劳作，没有说累
说饿，没有喜怒哀乐

牦牛立在那里

面无表情，似发呆
或酝酿诗句
菜花金黄，青稞摇曳
它的眼神迷离
平视前方，刘海随风
飘在面部

青海湖是我的景
也是它生命的阻隔
从生到死，它很难
跨越，海西到海东
和祁连山顶的白雪

张 后 诗 选

独居之后

将门、窗牖关闭
这个世界（暂时）跟我没什么
固有的关系了

只有蚂蚁，从墙上
（阳光都渗透不进来的狭小裂隙）
爬进来，这幼小的低龄的
动物，倒有着
坚强不扭曲的性格

和敏锐的嗅觉，闻到甜
闻到眼角膜和鱼子酱
混合的味道

左眼与右眼

早上醒来，发现左眼布满血丝
不由得吓了一跳

右眼心存侥幸，暗忖左眼

看了什么不该看的东西

其实左眼冤枉，从来
不会睁一只眼闭一只眼
右眼心知肚明

于是，滴眼药水的时候
左眼故意侧着身子，多滴一点儿
好使眼药水经过左眼流向右眼

康 城 诗 选

鱼骨沙洲

海有广深和欢腾
生殖、成长
却没有足够的空间留给死亡

鱼骨沙洲大部分没入海水
等待退潮
大海向世人展示完整的鱼骨

鱼排是海上的住宅
新旧间杂
一个旧的泡沫游移
等待它的是被捡回
重新捆绑
或者是归入海漂垃圾

新的深水网箱令人震憾
可以抗击更大的风浪
但无法改变鱼的命运

死亡常常另有场所
那里关于鱼的生活，从鱼到鱼骨，明码标价

长年的烈日把人晒黑
再多的海水也不能洗白
只有在大海深处
存在一闪而过
自由的扁平身影

蝴蝶山下

连续下雨
相思树叶片不再暗淡
桉树越发高大
我只叫得出这两种树的名字
并不是因为
他们发出不同频率的声响

人的声音在风雨中几近消失
我的心里有更大的暴雨
车辆疾驰
仿佛在公路上逃窜

某个时刻车子冲出内心
在天空中自由飞行

胡 仁 泽 诗 选

时间客店，院中有雪花的床

时间客店，在这爿坡地上

有人想以半辈子积蓄

把它盘下来

屋前种上三叶草

风吹，草动，遥远自有安排

陆续来投宿的人

背包里掏不出多余的时间

暂居一间不向阳的房间吧

客店东面可见朝阳

西面可见落日，院中有雪花的床

这些不属于景致，是一个个

老主人留下的数学题

钟点与光影的关系如何演算

愚钝的我，只把它当作判断题

默诵没有经味的印刷体

请停一停，来谈谈看上去

空洞的话题。茶雾漫开

有几缕是百年前的

与将消失的炊烟相似

盘腿而坐吗，像一个着长衫者

细语低声，默诵没有经味的

印刷体，空白处

墨色与朱笔交叉批注

缝隙中的线路抑或越走越长

见山，见水，一间屋子

在稍息，心跳声在屋里

屋外回应，一场雨

骤然而至，打通左右心室

灯会更亮，朱笔的线条

让空间多出一条路

慢慢瘦削的激情，干净有力

汪 抒 诗 选

毕竟是沿江的城市

那个深夜的站台并不大，但我一直
觉得大，稀少的灯光像
无声的电钻
漏出更多的春寒

几个乘客上车了，仿佛从另一个时代跑过来
脸孔模糊，生活的负担明显加于
他们的肩上

毕竟是沿江的城市，待他们坐定
低头而睡
江水的气息就像他们身上昏暗的旧布

落日

落日悬在豫皖边界，迟迟没有下落

林木、麦田、村舍、厂房
都是光影大气而精微的布置
生活的气息缭绕中，一辆农用三轮车

消失在生生不息的小径深处

而公路路面凉爽，略微拥挤
真正的河流总是自然生成，独自流淌
它渐暗的手，绝不摆弄河堤上顺理成章的事物

黄昏根本不使用自己的力气
它放过了多少坚定的人影，黄昏
无为地活着

鹤 轩 诗 选

鹤

它不是白色的
也没有飞
它静立着，像一幅画
像走到生命尽头的
一捧灰烬
我使劲喊，声音颤抖，热忱
绝望
直到把自己喊醒
直到重新入梦

月光

你是我画里流淌的乡愁
从炊烟到旅途，从老屋
到不肯更改的乡音
从父亲捧着的一掬黄土
到大块的风

月亮，老了
它发出的光
把我的乡愁涂得那么旧

第十三辑

中国诗歌奇幻的

一代

朱 雨 晗 （ 7 岁 ） 诗 选

不普通的雨

昨天下的雨
不是普通的雨
它是暴雨

眼泪

我的眼睛
没有流泪
只是湿了一点

何 筱 柚 （ 7 岁 ） 诗 选

人生

人长大
会慢慢变高
然后慢慢变矮

奇思妙想

香肠有没有鼻孔
兔子有没有翅膀
"为什么"有没有"为什么"
我也不知道

我在阳光下洗澡

我在阳光下洗澡
身上出现一道彩虹
脸是红色的
耳朵是橙色的
脖子是黄色的
肩膀是绿色的
肚子是蓝色的
腿是紫色的
这是真的吗

何 孝 乔 （ 3 岁 ） 诗 选

阴天

云把太阳丢掉了

小鸟不回家

外面小鸟为什么不回家
没有伞
它们会淋湿头

长大

我把饼干埋起来
它就可以长大了

窗户

太阳出来了
窗户都晒黑了

薛 元 霖 （ 7 岁 ） 诗 选

我的舌头被绊倒了

妈妈

我的舌头被绊倒了

被我的牙齿绊倒了

我的牙齿就站在那里

我的舌头冲过去

被绊倒了

光

如果

没有

任何光

我

还是

可以看到

黑色

吴 伊 然 （ 9 岁 ） 诗 选

发条

年轻的人

就像

新的买回来的机器人

发条还是新的

坏的机器人

就像老年人

他的发条已经破了

他的发条

就是古老的钥匙

打开

通往

另一个世界的门

射手座

射手座就是爱冒险

奶奶就是射手座

她的冒险就是把自己走丢

她总是乱走

她总是越走越远

越走越找不到路

被找到了，她就开始骂人

游 若 昕 （１７岁） 诗 选

梦

梦里

我在商店

买了一个

五块钱的

东西

刚打开微信

准备扫码付钱

爸爸就推门

叫我起床

被吵醒后

想回到梦中

将钱付完

可是已经

回不去了

聂 晚 舟 （ 1 1 岁 ） 诗 选

海水

我在沙滩上

挖了一个大坑

海水冲进大坑

我就把大海关了起来

当我低下头

我听见

大海正在愤怒地高喊

我要出去

我要出去

沙滩

沙滩上的沙子真多呀

像天上的星星一样多

天上的星星真多呀

像沙滩上的沙子一样多

我捧起一把沙

抛向天空

每一颗沙子都是一颗星星

这颗是太阳

这颗是地球

月亮太轻

它已经被风吹远了

太阳

大海就像一个球场

太阳就像一只足球

不知是谁

把太阳从球场那边踢过来

用力过猛

太阳就在天上飞呀飞

一直要飞整整一天

到了傍晚

才从球场的另一边

慢慢落下来

铁 头 （ １７岁 ） 诗 选

蛇

我是条蛇
因为他们总说我有毒
不不不
只是我咬了他们
他们笑得很开心

我其实是条笑死蛇
传递快乐
传递快乐毒

后记

这是属于我的后记
我有一个正在抽抽的有趣神奇脑袋
我可是一个爱无理取闹的疯子老赖
我警告你们千万不要在我的身边
天哪
这可是我难受不幸垃圾的一天
我现在失去朋友
徘徊在痛苦与烦恼之间

但是我现在准备把痛苦烦恼当作行李收拾

全部抛在一边

所以我开始了一个旅程

开始了一次冒险

开始一次没人知道的神奇平凡的人生

当一个"骚年"

这是属于我的后记

你没资格

这是我的经历

我才不会把它轻易告诉你

姜 二 嫚 （ １ ６ 岁 ） 诗 选

姜二嫚

姜二嫚看见

姜二嫚的爹

在姜二嫚旁边

看《姜二嫚的诗》

封面上印着

姜二嫚著

红线

我做十字绣

线老是缠在一起

不知月下老人

那么多线

她是怎么处理的

可能离婚

就是那根红线

缠了吧

据说

据说我

在被

大幅度吓傻

大幅度排练

大幅度删节

之后

的电视节目里

给人的印象

是斯文

淑女

第十四辑

小长诗的从容
与抱负

树 才 诗 选

兰波墓前

1

墓地散发出墓地的味道
九点钟的风，树叶不安地翻动
麻雀叽叽喳喳，在沙地上觅食
墓地的大树上又飘下来一片叶子

走了这么长的路，终于来到
你的墓前。你和你妹妹葬在
同一个墓穴里。同母亲面对面
她生你，好让你满世界奔波

天空蓝得像大海悬挂在头顶
小城在扩大，生活变了样
这么宽阔的大街被星期天搬空
市中心的方形广场支满了帐篷

偶尔有鸟鸣在墓冢间一闪一闪
教堂的钟声因天空的空而温柔
一只甲壳虫，从我的脚边爬过
像我一样盲目，探索此生的生活

2

为何有这么多人集中在一起——
安息？为何独独给他献上一朵
小喇叭花？为何大铁门只敞开半扇？
为何狗屎和鲜花同时杂陈在墓碑前？

我早早起床，一路步行到这里
为了找你，我把脚步放得很轻
我把心跳尽可能压抑到平静
我走累了的脚得在你那里歇一歇

墓碑高高低低，小径曲折多变
让我想起沿途遭逢的人间生活
墓室有的塌陷，有的还在骄傲
好在墓前的十字架一律指向空无

还是活着的人可珍贵呵！还是
蚂蚁们爬得耐心！我同时观看
好几只蚂蚁在巴掌大的沙地上乱爬
怎么看都觉着它们爬不出墓地的围墙

3

在空空的墓前，我静心，坐着
我就坐在你身边那棵大树的树根上
我不明白钟为什么敲了又敲
好像有人诞生，又像有人刚刚咽气

星期天，心和麻雀都不休息
休息属于告别了血肉的枯骨

但心和麻雀不歌唱，也不喊叫
甲壳虫多得染红了眼前的青草丛

老树根硌得我屁股疼，它恰恰
同庇荫你全家的树冠连成一体
一条大街把源头直推到这座公墓
大街两旁，出入和繁衍着男女

狗吠并不是城里出了什么大事
这从无到有的小城可以叫查理
兰波降生于此，一生都在逃避
岂料死后归来，故乡更加出名

4

一个小时过去了。我只看见
一位妇女开着车从门口经过
还有一辆小轿车，在大门前
停了一下，又掉转头，跑了

在这一小时里，我孤零零地
守着这偌大的静悄悄的公墓
我乐得沐浴阳光，倾听沙砾——
在麻雀的细爪下它们也会翻身

风啊你把太多的生活气息
吹刮到我的鼻孔里。公墓里
葬着兰波和他的家人，更多的
还是十六世纪以来的平凡居民

柏树象征什么？柏树只是柏树
椅子却结结实实地空着些什么
太阳晒得我渐渐有点发热
我想我得起身，走向人群

5
让我把这个句子写完！我将
回去，先回巴黎，再回北京
有一天还将回到我的下陈村
回到山和水、田埂和田埂之间

这已不是以诗人为骄傲的时代
钟声提示我：生活不在此地
墓地外的街道才流淌着生活
吵闹，商业，恋爱，妄想……

趁太阳未落，我用手抚摸
这洁白得有点苍白的墓碑
我再掐一朵别人栽种的
小红花，放到兰波的家门前

这柔黄的慰藉人心的天色
这些给生者力量的先死者
安静的墓地一整天都这么安静
连我的到来我都觉得多余

路 云 诗 选

荫影

一

没人在意荫影标出光线的
角度和大小。站在一棵苦楝树下，
肯定比站在梨树下安静。
我在乎荫影带来的一点相似。
如果你说芝麻，我说豆子，
我们就是穿一条裤子长大的。
我说一棵好大好大的树，
你说没见过，那好，再见，
如果你说黑暗，我一惊，
随即把这个难以察觉到的反应，
藏在一片叶子中。
你轻易将它从任何一抹荫影中
拣出来，我站在那儿不动，
一阵风过去，它从不留下什么。

二

心中的一块石头不见了，
我差点飘起来。
这是昨天下午的感觉，
而现在，我有点喘不过气来。

不见了的石头留下荫影

比石头更重。

我团团转，急于抓住什么，

而什么都晃个不停，

我坠落在地，抢在那块石头前。

它的重量把我摁住，

无法说出的快乐变成一个坑，

雨水从中漫溢出来，

悄悄沿着树根渗入一片荫影，

某个时刻可以拧出水来。

三

桂花树的荫影在月光下跳舞。

这是我没有想到的，回到书桌前，

模仿其中一个动作，

从荫影中跳出另一个荫影，

有淡淡的香味。鼻子与眼睛，

瞬间交换位置，指头在键盘上疾走，

惊动一群野鸭在真空中飞行，

鸣叫声，偶尔在半夜

发出磷光，照亮同伴的羽毛，

其中一片掉下来变成钻头。

荫影中有不少陶片，碎骨块，

木桶铁箍，我在哪里见过，

没见过的是直立行走的水，一下

冲过我头顶，一下爬上脚背。

四

三伏天经过路边一棵樟树，

无意中触到荫影的表皮，

它提示另有一个世界我进不去。
我在我的世界，用脚尖
触到它的脚跟，贴得再紧，
也无法深入。今天下午七点，
落日停在山顶，在卷走它的沉默
之前，书页般翻开背面。
这不能阻止我歪着脑袋想，
为什么不用脚板踩着我的脚板，
或者让头正对着我的头？
想着想着，我就多出一份小心，
脚步尽量放轻，不时把头抬起来，
穿过某朵白云撞向它的腹肌。

五

语言在孤独时变成气流，
不是落叶。它拧干体内的水分，
舍弃躯壳、花岗岩底座，
俯身取走一件轻纱。
在仰望中，脖颈上的皱纹
全都跑向额头，
有人在目光中举起空火把，
燃烧着的光没有灰烬。
缤纷的夜晚化身为一棵花椒树，
在不同形状中测出那张嘴，
那双眼睛，同样清洌，
均匀，被一阵凉风吹向此刻。
洒水车掉头，扫向左侧，
中断我与它交替的游戏。

赵 原 诗 选

白鹭飞舞

白鹭飞舞。在秋天
在事物窜逃的阴影中

大鸟飞舞；阴霾和沉闷
使大地下沉　繁华殆尽

灵魂回到海上。只有那鸟
那恣意和骄傲

在空气的破裂声中飞起　灼人的白
刺向天空　那蓝色；

哦！这是自由
是天空的广阔胸怀

这鸟　缪斯　这迦梨陀娑的使者
是什么使它免于伤害　这鸟

庞大的身体被翅膀搬动
——一旦秋风和世人盲目无知的言辞接近

哦！这鸟

谁能抵近并挽留；

再次逼近　灼人的白
屋顶和树梢　在风中摇晃　在风中倾斜

在郊区　空阔的原野上
一群白鹭进入秋天　进入回忆和遐想

一群白鹭挥动宽大的羽翼　刮起白色风暴
尘埃和诗歌　被风卷起、抖落；

下面是溪水　是风
是风中短暂的花朵

看呀　所有的人都被照亮了
所有的灵魂和肉体　都被指引

当大群的白鹭掠过河流
玻璃般的影子压向河面

鱼群在风暴中心　在深水中
惊散　沉下去

白鹭吞没鱼群　吞没一条河流
吞没镜子　和波澜

光在燃烧　火焰淹没一条河流
和它宏大的呼吸　肺

哦！难道我必须首先穿过芦苇
这尘世的篱笆

才能看见白鹭　雌鹭和幼鹭
鱼骨撑开的翅膀　天空　和隐秘的生存

一阵又一阵的秋风　芦苇散开
它们洁白的羽毛散开　烟水茫茫……

在白色深处　鱼的灵魂在集合
使白鹭歌唱　起舞；

当成千上万只白鹭在水面上
奔跑、狂鸣、追打光线

是什么击中了它们？
它们奔跑、狂鸣、追打光线

光洁的苇秆
在它们身后簇拥、簇拥　又散开

看见白鹭　我要放弃诗歌
放弃隐喻和书写

思念天空
流下泪水

午夜　在湖泊中心
当所有的白鹭都进入睡眠

像一层巨大的浮冰
大陆边缘的镀银

我在幽暗中　灵魂的灯
多么弱小　孤单

这样孤单　远离鸟群
像一片薄雪停在广阔水面

一大遍雪　亚洲的雪
和一片又小又薄的雪　和广阔水面

哦！这个有限的世界
只有黑暗是永恒

只有黑夜　覆盖着
如此宏阔、恣肆的语言和天才

白鹭漂下去
被黑夜的血载动　运走

白鹭漂下去　当一个世纪结束
连同它的梦和象征

白鹭漂下去
漂到光线照不到的地方

这是湖泊　这是瑟瑟秋风

这是风中簇拥的芦苇和故园……

白鹭再次扑向天空
扑向那蓝色

宽大的羽翼接近透明
接近蓝色边缘

这大鸟　接近蓝色边缘
这自由的大鸟　疾飞、浮翔、盘旋、垂直起落

阴霾和沉闷散开
往世之诗和鲜血散开

哦！这是自由　天空的白色狂想
是无畏　不屑于末世和孤独！

大提琴般的鹰和小号般的水凫
是低沉的田园协奏曲　鸥是海上抒情的咏叹调

鸦、白眉、玄燕是黑色礼魂、银管
和屋檐下的慢四拍　它们不知道白鹭

它们在大风中飞行
它们在大鸟的阴影中飞行

草 树 诗 选

去天堂镇

1

多年以后我才看清那个凌晨
朦胧中他进入旅馆房间
蹑手蹑脚，细声细气的话语
犹如梦境的一部分

坐在沙发上，他打开旅行袋
让我看他全部苦难的行李
那时我的怜悯心还没受伤害
不假思索接受他加入

他跟我去天堂镇，穿街走巷
从陌生服饰、山川和方言
进入更陌生的地域
黄金在河床深处沉睡

像我的影子拖在后面
有时拦前面。一扇门半开半掩
我哪知道他的拉链
长着鲨鱼锋利的牙齿

2

总是眯着眼，阴郁地看世界
脸上阴晴不定，半明半暗
我差不多误以为他
还有不为人知的辛酸

小巷封闭的包厢。射灯下
一个年轻女子照亮他的肉体
无数涓流涌动，像从一片平畴
忽然进入乱石坡，开始喘急，跃动

奋不顾身赶赴天堂镇的盛会
两腋扇动小蜜蜂的翅膀
夜晚他说累啊，翻转身去
妻子在黑暗中睁着眼睛

烂泥浮着一张氤氲的脸
一轮弯月钩向西天
装饰架上海螺寂静。海上
漂着一叶帆：移动，又像凝固

3

按摩床洁白。他躺上面有点像
临近最末一站。但他的嘴巴
分明在那个孔洞里发声
应和身边那张鲜艳的嘴唇

滋味深陷。一张落叶在湖底沉浸
背上一阵翻耕。一切变得模糊

斑点和虫洞不再鲜明
包括他夜晚走过门前的足音

身上发出一阵噼啪
仿佛一挂鞭炮被点燃
烟雾散去我只看见一地残红
他已从庆祝会现场离去

穿上衣服。他装进自己
完整无缺。我却看见他的毁损
他的额头失去的光辉
就像落叶上的斑点和虫洞

4

手里拿着砝码，却不把它
放在一直斜搁的天平上
小鸟不是被他攥住
翅膀如何会瑟瑟发抖

如不是生活的厚赐
我怎能获得如此精确的焦距
屁股下一张椅子吱吱作响
削足的痕迹暴露在取景框里

我深入后台的混乱
才知他舞台上的表演不过是
灯光和背景制造的虚幻
卸了妆不再是人物

一道激光切开岩层
不是水晶，他不过是嵌于
横截面的一粒硫黄
或一座深埋的围屋洞开

5
迎春花高处饮春风
挥洒散尽又来的黄金
他拦在我前面默不作声
像一道黑暗的屏风

坡地上桃花谢了梨花开
流水越过乱石堆
我要面对他不断制造
一个个巨大的难题

一个楔子。加快木头的开裂
一根长竹竿。打碎檐口冰凌的奇迹
一座高山。让我费力攀爬
耗尽我的青春年华

我只能从自我寻找一条
超越的路径：像迎春花高处
饮春风，挥洒散尽又来的黄金
学习流水穿过乱石堆

6
咆哮。里面是他
脱缰的马蹄。烧红的生铁在水里
吱吱作响，起皮，开裂

冒着滚滚浓烟

咆哮不该是他。该是
铁栏里的老虎。它假寐，不看我
不作声，像是在病中
皮毛发亮，算什么老虎的金黄

到处是动物园而动物园
没有动物。他牙齿突出
老虎欲望内敛。铁栏里再没有
一个风暴的中心

咆哮该是大江大河
滔天巨浪考验着两岸
汹涌奔腾一如大地
演奏一曲惊人的交响乐

7

一只手为他开启车门，护着
缓缓升起的头颅。在天堂镇，呵护
如今对他来说无处不在
一条鱼母游在无边的网箱

电梯闪烁送他上云霄
全景幕墙奢华：落霞与孤鹜齐飞
幻觉和恐惧交织。万物失真
骤雨未来闪电已划开玻璃

水晶灯下他光芒闪耀

镜中他看不见自己
夜晚反复以洗面奶洗脸，以卸妆油
卸妆，脸不能复原

就像一个悬崖上的攀岩者
上不去，也下不去
一个疏忽，跌落那一刻
与一只飞鸟擦肩而过

8
与他为邻，在天堂镇
我无法认他做同时代人
在洗浴中心他多脱去一件
就更陌生一点

他的拳头缩在衣袖里
却打碎了我的镜中风光
他和我联辔而行
深深的车辙，那般扭曲

天堂镇路上不是透过他
我看不到那么多地狱村的风俗
他吹着牛角，从未见有音乐
他拍着胸脯，从没有发出响声

每翻过一道坡都伴随着
灵魂的气喘吁吁
爬上绝顶我才发现
他也是沿途风景一个元素

9

我曾努力撇清和他的关系
对自己说我不是青峰他也不是
什么绝崖。我和他之间
一种铁灰色的气体在弥散

不是山涧的雾。像带着
人类的腐败气息：也不是
那寒冷的山谷，新土埋着一具
还没有腐烂的尸体

是不是它给我带来厌倦
我不相信它含有乙醚
下面枯柳又在发芽
初绽的蓓蕾红了海棠枝

不是距离近，他就会成为你
不为相隔天涯，他就不会是你
我们就像坐缆车去天堂镇
雨雾中滑过民俗村

梦 天 岚 诗 选

荫家堂记

1

每个房间都架着松木梯子。
阴雨天光线暗淡，有灰尘伏在上面，
一茬一茬的脚步声，将它们唤醒。

一同唤醒的还有木质长廊和雕花窗芯，
咚咚咚……它们一直在考验什么，
那奔跑的橙黄，已逐渐蜕变成炭黑。

秋天的雨滴反复敲打楼顶的青瓦，
天井边仰望的人，看到它们的长发，
自高空飞旋，携带毛茸茸的亮光。
接住它们的，是青石板铺就的水槽，
那低处的阴凉和涌荡，容易勾出执念。

2

有人会陷入沉思，或者遐想。
仿佛那些远逝的人景又回来了——

蒸水河上运粮的船只正好靠岸，
留长辫的伙计赤着胳膊，肩扛背驮，
他们一边说笑打趣，一边卸的卸，装的装。

荫家堂的申大掌柜正坐在前厅喝茶，
他的二姨太忙着挑选杭州捎来的上等丝绸。

二楼的账房先生，用算盘，单据，银票，账本，
还原日子鲜活流淌的样子。

3
一只四处游荡的黑猫格外警惕，
它总是和陌生人保持距离。

当它蹑足穿过门洞，会适时回头，
像是揣摩跟随的人，怀有怎样的善意。
那杏黄的瞳孔，有深渊般的裂隙，
跌落其间的人，会害上思乡病。
仿佛粮食喂养的不只是人，
还有不肯消瘦的过往。

4
如今人去楼空，青砖，青瓦，青条石还在，
龙、凤、鸟、虫、花、草，是它们的文身。

而你只是一个操本地口音的游人，
在看似相仿的房间流连，不时吸一下鼻子，
嗅着圆木柱子散发的桐油味。

你没有文身，因这青瓦如鳞的檐顶，
心底处的起伏，便有幽径如织。

直到雨停，与戏楼相连的封火山墙更白。
有人在墙根叫卖凉薯和削了皮的荸荠。

只有阻隔不了的，才会蔓延。
如凤凰山的绿，清水村的水，
荫家堂则只管守着它的建筑学和生意经，
以及那不被遗忘的沉寂和美。

5
回头再望，你什么也没有留下，
也没有什么你能够轻易带走。
就连吹来的风，亦无心挽留。

你站在那里，不过是与时光对峙，
这让你感到灰心。不如透过散去的水雾，
看一砖一瓦，如何还原生活的本质，
它们所荫庇的，跟你所想的一样，
只要是爱，总是比付出更为阔远和久长。